愛と性と存在のはなし

赤坂真理 Akasaka Mari

NHK出版新書
640

はじめに

この本を手にとった方は、変わった本だと思われるかもしれない。社会批評なのか、個人的なはなしなのか。

両方である。

この本には、社会批評とともに、わたしという一人の人間の、心もとない生の探求が綴られている。これは、わたしをめぐる、愛と性と存在のはなしでもある。

こんなふうに書いた理由はふたつ。ひとつは、愛と性に関しては、人はオープンにすることがひどく少ないということ。だから仲のよい人ですら、その人の性のことは、ほとんど知らない。たとえおおっぴらに下ネタを話し合っても、それが本心であるとは限らない。無理をして合わせているのかもしれない。そして、たぶん誰でも、いちばんの核にあることは、隠している。

でも、わたしが人間を見ていて思うのは、本当はその人が隠しているようなところが、いちばん美しく、豊かだということ。そしてそれは性に関することが多く、性には、愛が分かちがたくくっついている。

どうかそこをこそ生きてほしい、生きる価値がある、と願わずにいられないところが、その人自身にとってはコンプレックスだったりする。わたしもそうだ。

いつか誰もが、本当の話ができたらいい。そうしたらこの世はもっと豊かで思いやりにあふれるだろう。でも、すぐにそうはならない。ならばわたしができることは、自分の心もとない探求を、ふるえながらでも、差し出してみること、それだけだ。

この本では、できるだけ、今流通している用語を疑ってみることにした。たとえば、「セクシュアル・マイノリティ」「性的多様性」「セクハラ」「性同一性障害」「性自認」「性指向」「ＬＧＢＴ」など。

すると驚いたことに、その用語に隠されて、かえってわからなくなっていることが多いのにも気がついた。今、そういった用語に対して、本当はわかっていないのに、わかっているふりをしなければいけない、と多くの人が感じていることも。

性は、その人がこの現実世界に生まれてから生きていくときに、最初のプラットフォームになるものである気がしている。個の認識とほぼ同時くらいに、性の認識がくっついてやってきて、個として生きていくとき、もれなく性的存在でなければならないかのようだ。それに疲れてしまう人もいるけれど、豊かな可能性であることも確かなのだ。それを捨てたくない。

どんな用語でも語れない、その人そのものの、存在を見てみたい。それはわたしの願いだが、それにはまず、自分という「感じる器」を、世界に開いてみるしかなかった。本当に個人的なことは、社会のあり方とも、どこか連動していると信じている。

愛と性と存在のはなし　目次

序章　マジョリティという幻

異性愛者こそむずかしい

「セクシュアル・マイノリティは、存在しない」


とても繊細に見てみよう。

そんなものはいない。


これから、とても繊細な話をする。

いちばん繊細に語らなければいけないことを、わたしの持てる力のすべてをかけて、可能な限りの繊細さと大胆さで語ろうと思う。

いちばん繊細に語らなければならないこと。それは、愛と性のことだ。

愛と性はかなりちがう。

にもかかわらず、とても混同されやすくできている。

混同は、一致とはちがう。

一致したらしあわせだ、と思う。存在にとって。

一致することはあるのだろうか?

ある。
あると信じている。
長続きするのか？
それはまた別の問題だ。

人類の大問題としてそれらの問題はあって、人類最古にして最新の問題としてそれらはあって、まだわたしたちはその繊細な議論のとば口にさえ立っていない。自分自身も含めて、そんな感じがする。

そして、性がその本来の繊細さ、多様さを取り戻してきたのは、最近のことであるような気がする。複雑になるベクトルと、本来の多様な自然に還るベクトルがいっしょにあるような、面白い時代に生きている。

あれ？　わたしは、セクシュアル・マイノリティが、あると言ってないか？

そう、わたしは、いわゆるセクシュアル・マイノリティの多様性は、性本来に備わったものであり、性の自然なのだと思う。それが、ゆるされるようになってきたのだと見る。だとしたら、すべての人の中に、ポテンシャルとしてあるのではないか。

しかし性愛はそのポテンシャルが、今でさえ乗りこなされていない。

「性自認と性指向に多様性を認めよう」というのは、けっこうなことだと思う。でもその前に。一人ひとりが、自分と自分の性についてわかっているんだろうか。

わかっていない。わたしも含めてわかっていない。真剣にわかろうとしたことがほとんどない。そう思う。

いわゆる「セクシュアル・マイノリティ」を語るときに盲点となるのは、無意識に「ヘテロセクシュアル（異性愛者）には問題がない」という気持ちになることだ。

そうなんだろうか？

ある意味、ヘテロセクシュアルほどむずかしいものはない。

世間的な通りのよさを除けば、ヘテロセクシュアルほどむずかしい関係性はない。そんな気さえ、この頃する。

両性を分断する言葉

異性は、相対する相手として違和が大きい。

目の前にいるそれは、あまりにちがった生物で、わかり合うのがむずかしい。

どこを見ても「ヘテロの異性嫌い」「ヘテロ内の異性対立」の言語があふれている。もしこれが、同性愛者がパートナーへの不満を語る言語であったなら、その相手は「個人」として扱われているはずだ。女が、レズビアンのパートナーである女に対し「女はこうだ」とか「だからレズビアンの女は」と言うとは思えない。個別の話にするはずだ。

だけれどヘテロの男女は、とりわけ女は、すぐ、異性を一枚岩の異物のように扱いたがる。

「男は」「女は」という言葉は、異性愛者の間にだけある。それは両性を分断する言語だ。「敵陣営」に対する言葉なのだ。その言語の不毛じたい、ヘテロの悲劇と思える。あるいは笑えない喜劇と。たとえばよくあるキャッチーな言葉として「ワンオペ育児」というのがあるけれど、それで夫を非難する妻は、ある意味夫を一人の人として見ていない。わけがわからず話が全く通じないひとかたまりの生物の一部と見ている。

しかしそれには一理はある。

本当に、異性の内実はまったく、想像がつかないのである。
ここがヘテロセクシュアルの関係性のむずかしさだと思う。

本当は、いちばんむずかしいと言っていいほどむずかしいのだけれど、ヘテロセクシュアルは、体裁だけはきれいに整ってしまう。世間的には通りがいい。異性と交際してなんら変だと思われないし、結婚してなんら変だと思われないし、ヘイト感情も浴びないし、子どもができて「自然」だと思われている。これはやっかいだ。

ヘテロが自分自身を知る機会は、ほとんど失われている。そして問題が出てくると、相手が悪いのだと、そう思いやすい。問題を、本当に切実な自分のこととして認識することが、ヘテロにはむずかしい。問題と認識されない問題は、知らないうちに「痛み」としてたまる。痛みと認識できないことは、ケアされることもない。ちゃんと話し合われることさえほとんどない。それは、関係性のもう一方への「恨み」としてたまる。

たとえば「ワンオペ育児」という言葉は、育児を、平等な労働市場のタームにして不平等を語るものだが、それを便利に使うときに見過ごされるのは、子どもは圧倒的に母親に愛着する、という事実だ。そもそもに「平等でなさ」が、原初の性をめぐって、ある。そこが女の喜びであり圧倒的負担である。そこが男の楽さであり疎外感である。比べられない感情を、同じ土俵で比べようとする。それで、相手が悪いと言い募ったり、対立をしたりする。

性とセックスをめぐって、あまりに不均衡が出やすいのがヘテロセクシュアルであり、地球はその憎しみであふれていると言っても過言でない気すらしてくる。

この違和を超えて異性が、愛とハーモニーで結びつくことは、多様性が叫ばれる一方で、むずかしくなるばかりなのではないかと感じる。

想像さえむずかしいこと

「性の多様性を認めよう！」と人々が言うとき、ヘテロは、その対象外だ。

「多様性を認めよう」という議論の中に、「異性の自然を多様性として認めよう」という議論はない。たとえば、女に比した場合、男は「感じない」と言われる。男の快感は局所的であるという。これはよく言われることだし、だから男は身勝手なセックスをするとさえ言われてしまう。けれど、本当に快感が局所的である存在の内実を、わたしはあるときまで、一度も想像してみようとしたことがなかった。それを想像してみたとき、それに

「なってみる」想像をしたとき、セックスだけでなく、その感覚はすべてに及ぶのだとわかった。いや、わかる一瞥を、持った。

女が男によくする要求は「わたしをわかって」で、わたしもそれをよくしてきた。「なんでわかんないの?」と思ってきた。男を恨みもした。

しかし、ちがう身体になってみる想像をすると、「本当にわからない」のだ。そしてそれは、悪ではない。男が女の感覚をわからないこと、それはただの自然である。女が男の感覚をわからないのも。

ちがう身体を持った人への想像力を、わたしたちはほとんど持てない。まして異性の身体の内実は、想像することさえむずかしい。異性は、ごくふつうにいる絶対他者だ。なのに、想像もできないことに対して、あまりに簡単に推測し、なにかを断じて非難することが多すぎる。それがヘテロの世界。そしてヘテロは、外部との軋轢《あつれき》こそないが常に内部が戦闘状態、あるいは冷戦状態にあるかのようだ。内部が戦闘状態というのがやっかいだ。この問題は「うち」だけのことだと思いこんで苦しみやすい。「うち」のことは言えない。誰かと問題を見せ合うことはない。

女は男を、性感が局所的である人の体感を、想像してみようとしたことがあるだろうか？　体感が局所的であるということは、おそらくは、ふだんから、皮膚などを通した知覚量が少ないということだ。だから男は古くから兵士にもなれた。だから物事に集中しやすい。知覚が外に引っ張り出されることが少ないのだ。対して女は気が散りやすい。ささいなことで知覚を持っていかれてしまう。

どちらも、互いの自然について理解しようとはせずに、人格の問題にすりかえる。人格の問題にすりかえるくせに、相手を「個」としてみていないのはすでに言ったとおりだ。

自分が自分と反対の性の身体と体感を持っていたら、世界の見え方感じ方や、ひいては考え方が、どうちがうだろうか？

ヘテロセクシュアルが悲しいのは、この圧倒的なわからなさを、ちがうものへの驚きととらえ、賞賛ととらえる回路を、わたしたちが、育てていないことだ。

これを、多様性の議論の中にさえ入れないことだ。

それでいて、異性愛以外の愛の多様性を認めましょうと言っても、それはただの言葉であり、努力目標である。

努力目標だから、すぐ簡単に「べき論」になってしまう。

自分とちがう愛や存在のかたちを持った人に、本当の理解も、興味さえ、持ってはいないのではないか。

正直に告白すると、わたしには、同性愛者の内的感覚はわからない。

そしてそれは、異性愛者が異性に対することと、同じなのだ。あまりの異物を見るまなざし。本当にわかろうとも、わかりたいとも、思っていない。

地図を持たない私たち

セクシュアル・マイノリティは存在しない。

なぜなら、マジョリティなど存在しないから。


「マジョリティ」とは、「マジョリティに入りたい人」のことだ。マジョリティに入ることに腐心し、数々のメリットを享受し、そこで眠りこける。しかし彼や彼女は、そこで自分が何を失っているのかに気づいていない。いや、気づかないふりをしている。

自分の欲求をごまかさず、すべて細かく描き出して認めたら、それは誰とも似ていない。

たとえるなら、似た海岸線はひとつとしてなく、なだらかな海岸線が複雑な海岸線よりいいわけでもない。逆もまた真。

誰とも似ていないし、だから当然「世間」なんてものと接点はない。が、自分の真実を自分で認められたら、それが「世間的」にどれほど変わっていようが、自分は落ち着く。ただ、そういう地図を真摯につくり、自分のかたちを自分で知り、認め、好きな他人のそれも見せてほしいと心から頼むことを、わたしたちは、しなさすぎる。

わたしたちはみな、自分の地図を持たず、共に在《あ》りたいと願う相手の地形も知らず、冒険しようとしている人のようだ。

第1章

敗戦と父の不在

生まれてこなければよかったことについて

Mama ooo, I don’t want to die,
I sometimes wish I’d never been born at all -
ママ、死ぬはいやだよ
時々思う、まったく生まれなかったほうがよかった、って。

（「ボヘミアン・ラプソディ」）


時々思う、人間と生まれなければ、味わわずにすんだ苦しみについて。

愛について、憎しみについて、不和について、違和について、別離について、夢について、叶えられなかった夢について、死について、老いについて、不安について、疎外感について、孤独について。

そう、まったく生まれないほうがよかった。

影も形も。

こんなに孤独なら。

この世界に属せない、疎外感だけなら。
存在するということの、まったき孤独。
孤独だから、誰かを求めるのか。
求めても孤独。
本当の望みなど、知らないほうがよかった。
本当の自分をわかりたいだなどと。
かなわないなら。
手に入らないなら。
このふたつに分かれた世界に、望むものが、ないのなら。

「マジョリティ」の希求

冒頭の英語の一文は、クイーンの「ボヘミアン・ラプソディ」。今や知らない人がいないくらいの、あの楽曲から。

クイーンと、そのリード・ヴォーカルであるフレディ・マーキュリーをめぐる映画『ボヘミアン・ラプソディ』は、公開年二〇一八年の社会現象と言ってもよかった。この映画によってクイーンは永遠のバンドになった。今や全年齢帯の者が、クイーンを知っている。「ゲイのスターの話」が、なぜこんなにも「マジョリティ」の心を打つのだろう。そして、その話によってクイーンが永遠のものとなったのは、どうしてなのだろう。セクシュアル・マイノリティの話が時節に合っていた、というだけでは、とうてい説明できない。人々は何度も劇場に足を運んだのだ。映画を観に行くという行為すら、めずらしくなったこの時代に。

それは、「マジョリティ」の希求さえもが、そこにあるからだ。

わたしはそう思っている。

この映画を題材として、存在と性愛と親密さと、家族の話をしてみたい。そのどれかだけでも、十分に人の人生だ。

そして人生とその選択とは、常にこれらのファクターの連立方程式を解くことのように思う。ほとんど連立不可能なほどのそれら難題を、人類はどうこなしているのだろう。あるいは、どうこなして、いないのだろう。

映画『ボヘミアン・ラプソディ』はドラマとしてつくられたものなので、厳密に事実に沿ったものではないだろう。しかし、話としてうまくつながったり象徴的に見えたりするところには、普遍性が宿っているとわたしは信じている。フィクション作家をしてきた身として、そう思う。それにこの映画は、クイーンをまったく知らなかった層にも受けたということは、フィクションとしても楽しめたということだ。繰り返すがそれは普遍性の高さの証なのである。だからクイーンの史実というよりは、この映画を題材として、今は話をする。

フィクションとしても観られるようになっていたこの映画は、その普遍性が多くの人の心を打ち、多くの動員を得たのだと思う。わたしは、なんなら毎日観てもいい。もともとわたしには、観られたり読めたりする話がひどく少ない。共感できる話がひどく少ないからだ。たいていのドラマは知的に考察でもしてみない限りは観られない。大河ドラマとかはいちばん観られない。観られる話が極端に少ないわたしもやはり、一マイノリティなのだと思う。

アメリカとフレディ・マーキュリー

イギリスへの移民の息子、フレディ・マーキュリー、出生名はファルーク・バルサラ。両親はゾロアスター教徒で、フレディ自身は幼年期のほとんどをインドで過ごし教育を受けた。きょうだいは妹が一人。出身はイギリス統治下のザンジバル（現在はタンザニア連合共和国の一部）。一家は当時起きた革命の余波でか、ザンジバルを追われた。そうしてイギリスに逃れてきたのは、フレディが十七歳のとき。両親は郊外住宅の使用人などの仕事につき、フレディはアートカレッジを出てからヒースロー国際空港の旅客機バゲッジの仕事をしていた。

　盟友たちを得て新しいバンド、クイーンでスターダムを駆け上がってゆくフレディが、「同性愛」という自身の性指向を隠しきれないものとして知るのが、アメリカツアー中であったのは面白い。

　アメリカが自由の国だから、ではない。

　アメリカがイギリスの「影」だからだ。

　アメリカは長らく、ヨーロッパの紛争や人口の調整弁として存在した。アメリカは、ヨーロッパが押しやった影であり、問題であり、負の部分だった。アメリカというはけ口がなかったらヨーロッパがどうなっていたかはわからないと言われる。アメリカが今なお直面する黒人問題だって、元はアメリカ人ではなくイギリス人が持ち込んだ奴隷だ。

　だからこそ、イギリスで未来だけを向くと決めたフレディが、押しやったはずの影に直面するのがアメリカであるのは、象徴的なのである。

フレディが自らの性指向に気づくタイミングは、これが仮に事実と少しずれていたとして、物語として大事なシーンを多くの人に伝わるように作るには、ある「象徴性」の高さが必要になる。

そのときに出す最も効果的な象徴は、アメリカ以外にはないだろう。

あの国について

アメリカ。

かつてのイギリスの植民地支配から独立した国。イギリスの支配を排除し、二百年ほどでついには世界の覇権を握った国。第二次世界大戦で疲弊しなかった、本土も無傷だった、唯一の参戦国。大国を超えた、超大国。

アメリカがピューリタンの建てた「清い国」であり、明るく未来にあふれた約束の地という「神話」がある。

この神話があるのは、そう思わないと存続できない「影」の国だったからだとわたしは思う。

だからこそ、自身の「影」に出会うのにはふさわしい。

アメリカが本当に、ピューリタンが信仰の自由を求めてつくった国であったとしても、当時生まれたところに居場所があったなら、命の危険すらある航海などしない。遠く海を隔てたアメリカまで来たのは、多かれ少なかれ、追われた人、他に選択肢がなかった人だ。失うものがこれ以上ないような状況で、人は捨て身の勝負に出る。

映画の中盤で、アメリカで異性装のミュージッククリップが放送禁止になったとき、ギタリストのブライアン・メイが言う面白い台詞がある。

「アメリカ人は、公の場ではピューリタンで、倒錯は私的にするんだ」

なにげない台詞だが、それゆえに本質と実感がある。

思春期の一部をアメリカで過ごした身としてもよくわかる。アメリカにクイーンのような両性具有的バンドや、フレディ・マーキュリーやミック・ジャガーのような、少年と女が自然に融合したようなフロントマンを抱えるメジャーバンドはいなかったのだ。自分が後で持った認識では、十代のときの音楽経験がアメリカだったため、自分はそれでセクシュアリティの目覚めが遅れたり、自然なセクシュアリティの発露を持てなかったり（表現が救ってくれるものは大きい）、そこに無駄な抑制を刷り込まれたように思う。そう、無駄な抑制と過剰な明るさのセットが、アメリカなのだ。

　そして今でもアメリカの事情はあまり変わらないように思える。アメリカに両性具有的スターやそういう世界や汎神《はんしん》的な世界や非キリスト教世界を打ち出す者がいたとして、人気があったとしても、陽の当たるサイドの存在ではない。それらは強烈な「影」であり、負性を帯び、それゆえの熱狂やひどい誹謗を浴びる。近い過去で言えばマリリン・マンソンとか。アンチ・キリストのセルフスティグマを自らに押した者たち。

　今でもそういう両性具有的にセクシーなアイコンをあまり思いつけず、いたとして、少し倒錯的な感じを受ける。少なくとも男性スターではそうだろう。たとえば、プリンスは、両性のシンボルをそのままロゴマークにしたが、あまり自然な感じはしない。どちらかというと女性側からしか、セクシュアリティを意識的に扱うスターは出てこず、女性は女性で、それを逆手にとった強烈な自意識と操作性を感じさせる。ゆえにあまり自然な存在とは見えず、ハイパーで、意識的に造りこまれた存在である。マドンナやレディ・ガガなど。逆に不思議なことに、彼女たちは女なのに、ドラァグクイーン（ハイパーに女装する男）の雰囲気がどこかある。

　両性具有的な存在感のアイコン、というのが、アメリカの大スターとして出てくるさまが、今でもあまり想像できない。男では特に。男で出てきたなら、やはり倒錯的で抑圧を内化した感じがするだろう。

そう考えると、フロントマンが異教徒の両性具有的存在であったクイーンが、まごうことなきポップな曲でシングルチャート全米一位を成し遂げたのは、数字以上の世界的快挙であったように思われる。

強烈な影

しかし、「強烈な影」だからこそ、影ははっきりする。

日常の、それなりに親しんだ空気にまぎれていたらあまり見えなかった影でも、強烈な光が当てられれば、はっきりと出逢う。

非日常、極端な場所が、見せてくるものがある。

とてもアメリカらしい光景の中で、フレディは自分の本当の欲求のかたちに最初に向き合う。

州道を少し奥に入った暗い町外れに突然現れる、お祭りさわぎの小屋のようなドライヴ・イン。

その外にある公衆電話から、フレディはメアリーに、海を超えた長距離電話をしている。メアリーとはロンドンにいる、フレディが結婚を申し込んだばかりの女であり、フレディが女神のように思う女性である。メアリー・オースティンはもちろん実在の人物である。

そこに長距離トラックが着く。

長距離トラック。

イギリスではこの荒々しさに似たものをあまり見ない。

少なくとも、アメリカのトラックドライヴァーたちが旅する距離は、イギリスや、ヨーロッパのドライヴァーのそれよりずっと長い。海洋性気候、内陸性気候、平原、壁のような山脈、山間部、砂漠……。気候帯をいくつも横切るような旅を、どこまでも続く道がつなぐ。

アメリカのトラッカーたちはさながら国内ボヘミアンで、運転は「ツアー」であり、巨大トラックという動く城に住む、たった一人の主人であり下僕である。エンジンをかけている間じゅう、トラックはステアリングのみならず床から壁からびりびりと戦車のように微震し、また路面のでこぼこや気流を拾って揺れ続けるものを制御下におきながら、彼らは重い荷を曳《ひ》いて、長い距離を移動する。ときどき、船の霧笛のようなホーンを鳴らしながら。彼らは現代社会の船乗りのようで、港のように停まるそこここで、行きずりのラヴァーを探す。異性であれ、同性であれ。異性愛の家庭を持ちながら、「港」では同性愛を満たす、などという人もいそうだ。なにせ彼らの移動距離と言ったら、ほとんど道路とトラックに住んでいるようなものだから、完全な多重生活ができそうなのだ。

そんな一人の男のドライヴァーがトラックから降りてきて、電話中のフレディと目を合わせる。

二人の視線に何かが流れる。何か、電気のようなもの。痺れ。震え。怯え。同時に、甘さ……疼《うず》き。

フレディはこの時点で、「クロゼット」ですらない。クロゼット、つまりタンスの中に本当の自分が隠れていて、決して人に自分のことを言わないゲイ、ですらない。

彼は、自分の「欲望のかたち」をまだ知らない一人の男なのだ。

彼は愛する女と、愛をたしかめあって新しい生活を始めたばかりの男なのだ。

愛する女がいる時空と、疼きを感じた男がいる時空。目の前の男に疼きを感じる。でも電話口の女に持つ愛情はかけ値なしに本物なのだ。

遠距離電話の一方の端末で、女が言う。切り際に。

"Say hi to the boys from me."
「ボーイズによろしくね」

皮肉だ。

婚約者は、バンドメンバーたち、彼女もよく知っている男の友達を、親しみを込めて「ボーイズ」と呼んだ。

恋人は見知らぬ土地で、見知らぬ男たち（ボーイズ）に、見知らぬ情動を抱いている。

何重かの意味で皮肉だ。

これは、boys（少年）時代の終わりでもある。少年たちの、みんなで一つの夢をめざして冒険し、他愛もないことで笑いあい、喧嘩して仲直りしまた冒険に繰り出す、それだけでよかった黄金の少年時代は終わって、彼らは個々の生活へと分かれてゆく。個々の責任へと。それぞれが、異性の恋人との結婚生活へと入ってゆく。

その時代の終わりが、フレディにとってだけ、ひとつの愛の終わり、ともなるのだ。

ひとつの扉が閉ざされ、もうひとつの扉が突きつけられる。

ふたつの時空で、同時に扉がバタンと閉まる印象的な演出が、このシーンにある。
ひとつは、ロンドンで婚約者が閉めた自室のドア。
ひとつはアメリカの田舎町のドライヴ・インで、男が閉めたトイレのドア。
アメリカ側のその扉の表には、こう書いてある。
「MEN」
フレディの内側には、この瞬間に、心のべつの扉が開いたのだ。
女を愛する自分の中の、新しい自分。男の自分。
男を欲する男の自分。

少年が男になるとき

少年（boys）から大人（MEN）になること。男（MEN）になること。

多くの物語が、このときの痛みを描いている。性的に未分化で、男の子も女の子も「みんなでいられた」時代から、ひとりの性的存在として目覚め、孤独や孤立を感じるときの。

もしかしたら自分はどこか、みんなのようではないと、性的なずれを感じるときの。

一般的には、前思春期から思春期になる体と心の痛みを描いて名作と言われる物語が、男女ともに多い。十二歳の少年たちが噂の死体を探しに行く冒険を経て大人になる『スタンド・バイ・ミー』（これは後で話す代理父の話だ）、美少年と見えていた存在が、やがて少女だったと観る者にわかる『マイライフ・アズ・ア・ドッグ』など。

フレディ・マーキュリーは成人とはいえ、どこかこのときまで、男も女も平等に愛し、寝食をともにし、自らも両性具有でおそれを知らない、太古の神かギリシャ神話の少年神のように描かれていた。粗野で上品で、卑猥で優美。「マーキュリー」とは象徴的な名前を選んだものだと思う。マーキュリーとは、ローマ神話のメルクリウス（ギリシャ神話のヘルメス）であり、錬金術における「原初の両性具有存在」なのである。

そして実際、そこまでのクイーンの「男の子たちの王国」が、本当に輝かしく描かれていた。具体的には「ボヘミアン・ラプソディ」を含むアルバム『オペラ座の夜』をつくるまでの田園の日々が。あたかも少年神たちの終わらない祝祭のように。無邪気で、傲岸なほど自信にあふれ、なにものも彼らを止めることはできぬと思わせる輝かしさで。彼らの曲のタイトルどおり、七つの海をもものともしない勢いで。

神々のように、少年でいられたらどれほどよかったろうか。

そして祝祭のような日々は、ピークで崩れる。次の季節がくる。

自らの欲望や、自らの在り方が孤立する長い季節。

他の誰でもない、自分だけの独立した欲望を感じたとき、そのかたちは、周囲とも、自分の予想や願望ともちがった。

自分は自分であるだけなのに。

そして人間（マン）となり男（マン）となったかつての少年神は、男を欲する男となる。

男に求められる男となる。

男に求められることを求める男となる。

苦悩がはじまる。

自分は自分であるだけなのに。

女のようであること

比喩的に言うことを許してもらいたいけれど、異文化の中にむき出しの個人として身を置くことは、「女のような存在」になるということである。

誰であれ、圧倒的に弱い。どんな立場があろうと、彼らはあなたが何者かを知らない。スターであろうと、圧倒的に多くの者があなたを知らない。あなたを無名の者として扱う。

あなたにつけられた特典はない。どれだけ資産があろうと、その資産でただちに身を守れるわけではない。むき出しで無防備でその場に在る。異邦人としてじろじろみられ欲望の客体になる。これを描くのに、アメリカほどに適した場所はない。

客体、面白い言葉だ。

客の体。

いや、フレディ・マーキュリーは、どこにいても客の体であったのかもしれない。故国から追い出されてロンドンにきた異教徒の息子。

育ってきたすべての文化コードの中で「客の体」であった彼が、逆にマジョリティをねじふせるほどのスターとなったとき、その内的な属性は、逆に彼自身から隠されたのかもしれない。私生活において支配的なパーソナリティである者が、もっと奥にある逆の資質に気づくのはむずかしい。

フレディは、受けのゲイである。描かれ方から見てそうである。

欲されて、初めてわかる。

もっと言えば、男に欲されて初めてわかる。初めて「個」のかたちがくっきりする。

こういう者は、欲望の自認にワンクッション要る。欲される過程が要る。

自分が欲する側の男、女にプロポーズする側の男だと思っていたときには、彼にはこのことがわからなかったのだ。

キスされて、初めて瞳に星が宿る。受け身で発動する欲望の持ち主。言ってみれば、女性的なゲイ。

こういう人が自分の性指向に気づくのは時間がかかる。ホームの状況にいたら、気づくのはもっと遅く、ゆるやかだったかもしれない。

受け身のゲイが、主体として「受け身のゲイ」と自分で認めるには、アメリカくらいの異質な荒々しい土地で、異質なものの中に身を置くことが必要だったのではないかとわたしは考える。少なくとも、それ以上に説得力があって象徴的なシーンを思いつけない。イギリスの田園地帯で感じる孤独とまったく異質な孤独。危険信号がずっと細胞の中で鳴り続けるような、ひりひりした違和と圧倒的な孤独。

国家間ジェンダー

『ボヘミアン・ラプソディ』との対比で思い出すのは、フランスの女性作家マルグリット・デュラスの少女期の自伝的小説『愛人 ラマン』だ。

いや、対比というよりは連想。

主人公に男女というちがいがありながら、不思議なほどよく似た手ざわりのものとして、わたしは両者を思い起こす。

両方とも「植民地」での性愛が核の部分にある。そこが起点となっている。フランスの植民地のインドシナでの、フランス人少女の性の目覚め。イギリスのかつての植民地、アメリカでの、イギリスから来た流浪《ボヘミアン》の青年の、自身の本当の性の目覚め。

フレディ・マーキュリーは、イギリスへの移民であって、イギリスでもマイノリティ階層であった。そしてアメリカとかつての宗主国イギリスの国際的立場や経済力は、一九七〇年代当時ではすでに逆転していた。アメリカがイギリスに抱く、文化コンプレックスはそのままだとして。しかしだからこそ、細い腰をして長髪で中性的だった当時のフレディは、アメリカではより「女性的な存在」に見える。彼自身が受け身のゲイであることと、そのことが、不思議な一致を見せている。粗野なものとなよやかなものが出会い、出会い頭にエネルギーが流れる。

出会い頭に、関係性が決まる。

「国家間ジェンダー」というものがあるように思われる。国家や文化の間にあるエネルギー落差のようなものだ。暗黙のうちにそれはあり、決まり、感じ取られ、誰も言わないのに、多くの人がわかっている。それを敏感に感じ取って自分が決まる。それはある意味、個人の意思を超えている。

『愛人 ラマン』とはデュラスの自伝的な話である。植民地仏領インドシナで暮らすフランス人の少女（デュラス自身）が、現地の経済を握る華僑一族の青年の欲望を受けて、女になる。十五歳半。フランスに帰る十八歳のときには、彼女は、見る人をびっくりさせるほどに老けていたという。本人のこういうモノローグがある。「十八歳でわたしは老いた」。大人が何年もかけてやることを、全部やってしまったのだ。そのすべてが起きたのが、植民地という隔絶された欲望の土地だった。

ある日、渡し船のところで、黒塗りのリムジンのかたわらに立つ東洋人の男に誘われる。恋のはじまりはそうだ。

性エネルギーは、男性的なほう（＋極）から女性的なほう（－極）に流れる。

同性同士でもそうだ。はじまりは。

凸から凹へ流れる。

そしてすべて、それにならう。

経済的な、上から下へ流れる。

立場的な、上から下へ流れる。

しかし植民地では何かがよじれる。あるいは、よじれの吹き溜まりが植民地なのだ。今でも事実上の植民地はたくさんあり、同様のことが起きている。

そこでは、国家間の上下関係、立場の上下関係、社会コードの上下関係と、経済の上下関係……。

すべてがいっしょくたになって性愛じみる。

そこに強い情動が動いてしまうなら、なんだって、恋愛の引き金となるのだ。

その少女が男の持つ金に欲情しているのは間違いない。男の切り札が、経済力であるのも。

切り札を持つからこそ、男は、社会的に上とされる人種に属す女にチャレンジできる。

性的対象にするには子どもと言えるほどに若い、という禁忌にさえ、チャレンジできる。

男の欲望の後ろ盾は、お金や黒塗りリムジンや、膚《はだ》にしみついた絹タッサーの匂い。

しかしそれら目当てに彼女の心が動いたというのではなく、それらは彼と不可分で、そうして出逢ってしまった。

そして、にもかかわらず、彼女が男を支配する。これは人種的上下関係のためである。

支配しながら、されている。経済的には依存している。依存しながら、支配している。

そのすべてが恋愛の動力であり、それが恋愛のエネルギーの、正体ですらある。

そのコードが複雑なほど、ある意味、恋愛は抜き差しならなくなる。

経済格差が恋愛に変形したとして、立場格差が恋愛に変形したとして、すべて嘘ではなく、そのすべてを呑み込んで、恋愛である。人間の感情であり性愛である。

人は自由を好むという。支配被支配を嫌うという。

だが、がんじがらめの支配被支配構造の、なんと恋愛に似ていることか。いろんなことを性愛と読み替えて欲情できるのが、人間なのだ。

アメリカとわたし

わたしは十六歳で、単身、アメリカへ行ったことがある。ハイスクールに行ったのだ。行ったと行かされた、どちらなのか、いまだに自分でよく説明できない。日本の公立中学にうまく適応できなかった。それがピークに達した中学三年のとき、母親がとつぜん、アメリカに行く提案をしてきたのだ。わたしとしても、受験がちゃんとできるように思えなかったから、それしかないように見えたが、それはそれであまりに無謀で無策なのもどこかでわかっていたのか。母とわたしの関係性は、ずっと遠い昔に、決まっていたのだ。

　アメリカは、陽気な楽しい場所のように言われていたけれど、とても寂しい場所だった。そしてそのことを、どこかで知っていた気がする。母親が言うような楽しい場所じゃないという、そのことを。

　理由は忘れたのだが、アメリカ国内の長距離バス、グレイハウンドに乗ったことがある。街を離れると、すぐに明かりがまばらになる。舗装された道だけは、文明の象徴のようにずっと続いている。なにもないのに、道だけがどこまでも通されているって、すごくシュールな風景だ。まるで征服の意志そのもの、それだけのような。

　移動はラジオだけが友達。町と町の間ではステーションがだんだん減っていって、最後にはザリザリした肌触りのメタルロックのようなものをかけるステーションばかりが残る。それがなぜか、アメリカの音なのだった。カントリーなどではなく、トップ40でもない。カントリーもまた、特定の地域のローカル音楽なのだと知った。道路以外に何もないという、抽象風景に近い、やり場のない怒りと裏腹に無力な孤独、何かが間違っている感じを起こさせるもの。そういうものに似つかわしいのは、ひりひりした違和感そのもののような音だけだった。地の果てから聞こえてくるようなザリザリした音だけが、不思議と心にマッチする。気がつくと拳を握って歯をかみしめている。自分は泣きたいのか、苛立っているのか寂しいのかわからない。ギターの叫びと切り裂く金切り声のヴォーカルが、自分の叫びかとふと思う。意味のないうめきをわたしは漏らしていて、近くの人に注意される。

遠くの空の下に、黒いスポットのように雨が降り注ぐのを見る。稲妻を見る。遠くに火と煙を見る。火事でないといいと思う。昼と夜。多くの天気を越える。

やがて夜の中に、ガス・ステーションのサインの明かりが見えると心底ほっとする。

ガソリンのチェーンはルブリカンツだったり、シェルだったり。

文明に出会った感じ。そして人の住宅がある。家々は奇妙なほどにかわいい。二三段ほどの白い階段を上がったところに小さなポーチがあり、決まりでもあるように網戸があり、たまにブランコなどもあったりし、ドアがある。高床式で壁がピンクだったり、ミントブルーだったり。誰もいない。打ち捨てられた植民地様式のような家。

後に行ったアジアでなら、市が立っているような場所に、アメリカではガス・ステーションがあった。それが町の始まりだった。境界石だった。

アメリカは、死んだ恐竜の国だ。

死んだ恐竜たちの屍《しかばね》のうえに、新しく降り立った人間が建てた土地だ。

そこを掘って、石油を取り出し、石油文明を築いた。それを世界スタンダードにして、イギリスの産業革命以来の石炭文明を葬った。そして車を量産して世界に売った。蒸気機関も過去のものとして葬った。車と一緒に世界の石油も支配した。支配しようとした。石油は便利だった。誰でもポリタンクに入れて持ち歩ける。人々は、一人ひとりの車に乗るようになる。十六歳から車に乗れる。じっさい、十六歳でも一人で運転しないと、行けないところが多すぎた。大都市部を除いて、車ありきでできた土地なのだ。

グレイハウンドの乗り継ぎは、飛行機より不安だ。知らない、どこでもない場所に一人ぽつねんと置かれる。「どこでもない場所の真ん中（in the middle of nowhere）」という言い回しがアメリカ英語によく出てくるが、そういう場所。そしていつ来るか、本当に来るかもわからないバスを待つ。時刻表を見る。書かれたことがそのとおりに起こるということを、物理法則を信じるごとくに信じるしかない。

田舎に行くほど、白人しかいない。ちょっとしたお店に入るのも違和感だ。じろじろ見られる。

客の体。

軽い軽蔑のようなものと、興味のなさと。

欲望を向けられるのも困る。でも興味がないと言われる感じも、傷つく。

わたしが悪いような気がした。女として魅力がないのか。二等民族なのか。負けたみじめな人たちなのか。日本で十五歳まで暮らして、そんなことを思ったことはわたしにはなかった。戦争は、わたしにとってはもう遠かったのだ。

わたしはあの頃、どこにいたのだろう。流刑に遭ったようだった。なんの罪で？　日本の学校社会でうまくやっていけなかったから？　進学もできそうになかったから？　日本では、一度ルートから外れるのは、戻るのがむずかしくておそろしいことだから？

母としては、監獄から逃したつもりだったのかもしれない。日本という監獄から。アメリカのハイスクールにやることは。そう思ってみる。

母は知っていたのだろうか。アメリカというのがこんなに寂しい土地だと。こんな想像力の果てにあるような土地だと。同級生がライフルを持つような、そんな土地でもあると。

いい場所、約束の場所のようにさえ思っていたから、一人娘を単身で行かせたりできたのだと思う。彼女は通訳をしていて、もともとはGHQが母胎だったアメリカ資本の企業で働いていた。「占領府で働いていた」なんて言ってみたくなる。でもそれでも、彼女は母国にいて、両親のもとからそこに通っていた。彼女は、日本を占領しにきた人たちの後継たちの間で、同胞とともに働いていた。

たぶん、日本人の想像する外国から、いちばん遠いのがアメリカだ。それがなぜ、とても親密な他者のように近く思えたのか。

日本で学校に行けないなら、なぜアメリカとすぐ考えたのか。それは謎だ。母の思考の、謎の飛躍。

そしてそれをおそらくは母一人が思いつき、実行したというのが。

なぜ、母だけが。

そんな大事に関して、父は無言で、母だけが。

いや、逆に、わかりすぎて苦しいような気がしてくる。

負けた国の男たち

日本研究でピューリッツァー賞を受けたジョン・ダワーは、世界史上まれに見る幸福な占領、アメリカによる日本の占領のことを、受賞作『敗北を抱きしめて』で、こう言っている。

昨日まで危険で男性的な敵であった日本は、一度のまばたきのうちに、白人の征服者が思い通りにできる素直で女性的な肉体の持ち主へと変身した。(中略)国家どうしの関係が男女の関係に変換されて表現されていたのである。

敗戦後の日本とは、女なのだ。それは女だったのだ。

これは、驚くべきことを指摘されたというより、歴史を見てうすうす感じていたある種の直感を、ただ裏づけるものだった。しかし、日本人の研究者でここまで本質を言った者を見たことがない。そしてこの「甘い体験」が、ひいてはアメリカがその後いろいろな国で占領政策を誤ることへもつながってゆく。

ここで気づく。

占領が性愛じみた体験であったとしたら、占領される体験には、かなりの、男女差があったはずだ。

それは、女性的な体験だったのだから。

だとしたら、男性はそれをどう体験したのか？

負けた国の男性たちは。つまり、わたしの父祖たちは。

戦争に負けた国の人たち、特に男たちが、最もおそれることはふたつ。財産が掠奪《りゃくだつ》ないし没収されるのではないか。女たちが犯されるのではないか、取られるのではないかということ。満洲で、日本の敗戦間近に不可侵条約を破って侵入してきたソ連兵はそうした。それはある種の自然のように起こる。そういうことを起こさないために、国際法というのは発達してきたはずだが。おそらくは戦争とは、紛争にしろ、そういうものの取り合いのために起きてきたことだから。

アメリカ軍も、そうするのではないか。当時の日本人たちはおののいていたはずだ。

ところが占領軍は、案外すてきな、いい人たちだった！

これは米政府の作戦もあるのだが、日本に抵抗の意志がないと見ると、占領の人員を入れ替え、日本軍と交戦経験のない若い兵士たちを占領事業のために送った。彼らは、日本に恨みを持たず、まったく文化のちがう異国で、ある種のエキゾチックな体験を、特権をもって享受した。そして、日本人に歓迎された。

女はそれを、解放の味わいとして経験した面もあるだろう。じっさい、占領軍がくれるまで、日本の女性に参政権はなかった。

しかし、男はどういう気持ちだったんだろう?!

わからない。

それは想像を絶する。

そのプライドの折れ方。ねじれ方。

言葉にできない男の折れ方

今、わかることがある。

高度経済成長とは、負けた男たちの、今度は勝つ、という戦争二回戦だったと。そしていっとき勝った。しかしそれさえ、アメリカの庇護の下のことだった。一九八五年のいわゆる「プラザ合意」による円高誘導があって、そのことがわかる。日本は、またマネーで敗戦した。

戦争に負けて、あるいは喧嘩に負けて、今度は負けないと思うのは、自然な人間心理である。が、戦後日本の時空間では、そういう言説が禁じられた。戦争は悪であり、二度としてはいけないものなのだから、口にするのも悪だった。男は黙った。黙って働いた。黙って死ぬほど働いた。

家庭と社会が相似形になって、高度分業システムができた。仕事と家庭を完全に分けて効率を挙げるシステムのことだ。専業主婦という新しいカテゴリーの女性がそのときでき、それには、男の専業労働者がセットになっていた。そこに勉強や受験をなりわいとして、学校生活を勝ち抜くことを期待された専業子どもがいた。

夫婦には対話がなかったが、それは時間がなかったためだけではなく、戦後というものの体験の質が、分かち合いがたくちがったためではなかろうか。そういう推測を、今のわたしは持っている。その溝はあったはずだ。迂闊《うかつ》ながら、このことに考えが及ばなかった。敗戦は、負けた国の者にとって、誰にでもつらいものではあったろうが、受け止め方にはきっと男女差があった。それが性愛じみていたとしたら、間違いなくそうだ。そしてそれは、日本のジェンダー（性の社会的役割）とセクシュアリティを変えたはずである。

男の悔しさというのは、語ってはいけないものになっていた。なぜなら、あの悪い、忌まわしい戦争は、男がしたものだからである。女はただ逃げ惑ったのだ。ただ被害者だったのだ。そういうことになっている。そして誰もが、できれば被害者のように自らを語りたかったのである。それは、誰もが「女性語り」をしたということである。けれどその陰には、言葉にできない男の折れ方があったはずだとわたしは思っている。

そのことに今、心が痛い。そのことがその後の日本社会と日本の男に及ぼした影響を、考えている。

「自分の男性性を嫌悪する」と言う男性に、わたしは何人も出会ってきた。そして、そんな彼らに共通する二の句があるのに気づいた。

「自分の父親が嫌い」、もしくは「父親が（家にいても）不在で、父性がわからない」。

このセットを不思議だと思っていたが、今はわかる気がしている。そしてなお、男にとっての父親の不在の影響の大きさを、女のわたしは、想像してみてもさほどよくわからない。しかし皆が異口同音にそう言ったのだ。

しかし考えてみると、現代の日本の男性は、どれほど生きにくいことだろう。父に代表される先行く男性たちは、指針となる物語や行動規範を示さなかった。それは重いかもしれないが、乗り越える対象すら存在しないのは、男にとってとてもやりにくいことだ。そして先行世代の男たちはただ経済活動に邁進した。息子世代が決して乗り越えられない経済目標だけが、高くできた。

父の機能

もう一度『ボヘミアン・ラプソディ』に戻ろう。この映画は物語の型や問題提起が、たいへんうまくできていた。

一つ大きなテーマとしてあったのは、父と息子の葛藤と乗り越えと和解の物語である。『ボヘミアン・ラプソディ』を、父と息子の確執と和解の物語として見ることもできる。それは、男にとって、とても大事な問題である。西欧の表現作品において、これは主要なモチーフだと言っていい。シェイクスピア劇もそうだし、『エデンの東』から『スター・ウォーズ』に至るまで、父との葛藤と和解の話は数多くある。「父殺し」の物語も枚挙にいとまがない。父殺しとは、比喩的な意味も含めて、父の乗り越えである。女性の初潮のような身体的な乗り越えのない男は、男になる、象徴的なことが必要になる。

フレディもまた父と反目していた。その父と、最後に和解をみる。

破天荒な日々からエイズに侵され、かつての声も失うような状況になりながら、史上最大のチャリティ・ライヴ「ライヴエイド」に出演を望み、バンドのマネージャーやメンバーの協力でぎりぎりこぎつけた。当時死に絶える寸前だったようなバンド、クイーンを再始動する。

ライヴエイドの当日の朝、初めて持った落ち着いた関係の同性の恋人、ジム・ハットンと、フレディは両親の家をたずねる。

そしてそれが、アフリカの飢えた子どものためのチャリティであることを説明し、父親にこう言う。

“Good thoughts, Good words, Good deeds. Just like you said, papa.”

「よき考え、よき言葉、よき行い。パパがいつも教えていたことだよ」

息子はついに、父を認める。

かつて、お説教でしかなかった父の口癖が、自分の中に生きていたと。

父は息子を誇りに思い、認め、讃え、抱きしめる。両者は抱き合う。

見方を変えると、その言葉があったから、フレディは最終的に道を踏み外さずに正しい場所に戻ってこられた、ともとれる。

父とは、そういう機能であり、物語なのだ。

物語としての父、実在としての母

もうひとつ、父の機能の物語例を出してみたい。『スタンド・バイ・ミー』である。これは青春映画の傑作と言われるが、じっさいのところは青春ですらない、十二歳の少年たちの話である。ティーンとなり異性に興味を持ち出す前という、そこしかない、いっときの年齢で集まり共に冒険の旅をした、少年たち。

主人公ゴードンは現在中年の男性で、作家として成功している。それは、彼を育んだ「代理父」に対する愛惜の物語である。代理父とは言っても、それは同い年の少年で、彼らはみな十二歳だった。

主人公には子どもの頃からお話を作る才能があったが、父は、フットボールの花形選手の兄のことだけを認めて愛している。兄は主人公のよき理解者であったが、ハイスクール在学中に死んでしまう。そのとき父親が主人公に言った言葉が、

「（死んだのが）お前だったらよかったのに」

十二歳のあるとき、町外れに死体があるという噂を耳にして、少年グループ四人で、徒歩で出かける。どの子も大なり小なり崩壊家庭の子どもだった。唯一ゴードンの家だけがきちんとはしていたが、それは冷たく壊れた家だった。

喧嘩をしたり、火を囲んで打ち明け話をしたりして、仲良くなる四人。そんなあるとき、リーダー格の、とりわけひどい崩壊家庭の子、クリスが主人公にこう言う。

「お前には物語を作る才能がある。もしお前の父親がそれを認めないのなら、俺がそれを守ってやる」

クリスの言葉はずっと主人公ゴードンの胸の内に残り、彼を守り、育てた。それがずっと彼のそばにいた《スタンド・バイ・ミー》ものだ。

クリスはその後、苦学して弁護士になった。それはゴードンの十二歳のときの励ましの結果だった。が、クリスは正義感ゆえの喧嘩の仲裁で刺されて死んでしまう。

父とは理念である。父とは物語である。父に比べると、母の質とは実在であり、その人そのものと不可分である感じが強い。

ただ、その二つの質の統合ができていくのも、現代という時空間である気がしている。

父が不在の場所で

日本の「戦後」で最も悲しいことは、戦争で傷ついた者たちが、一度として、きちんと公的に慰められたことがないことだと思う。

慰められたか？　いや、もっとがんばれと言われただけだった。

あるいは、目先を変えるものがいろいろちらつかされた、だけだった。

当事者たちは、生き延びるためにまだ必死になれても、その世代以降が、生きる気力をなくす。

そして、そうなった。

残酷なことが起きたと思っている。

彼らはまずは、慰められなければならなかった。そしていったん、みなで立ち止まらなければならなかった。

ドイツのヴァイツゼッカー大統領が西ドイツ時代、一九八五年の五月八日にした演説を読んだとき、わたしは泣いた。そこには戦争で傷ついた者たちへの慰めが、きちんとあったのだ。

五月八日はヨーロッパにとっては、日本の八月十五日だ。連合国がナチスドイツを降伏させた日である。ヴァイツゼッカーは四十年後のその日に、ドイツ国民が第二次世界大戦とその戦後を内省し、先へ進むために演説をした。先へ進むためにこそ、過ぎたことへの慰めは必要だった。

ドイツの大統領は一種の象徴職である。実権はあまりない。ある種の「文学的価値」のためにいる人と言ってもいい。国の岐路に歴史的スピーチをしたりして、人々を慰め、あるいは鼓舞する。ナチスを生んでしまった国の反省として、「物語」には注意深い。人を熱狂に追いやったのは、物語だったからだ。

しかしだからこそ「物語」に力があることを知っている。こういうものが人には必要なのだ。それをきわめて繊細に、けれど勇気を持って扱おうとする。

そこには、戦争で傷ついた者たちへの慰めが、きちんとあった。その想像力の細やかさが見事だった。ナチス以外、という絶対留保があったにしても。

ユダヤ人、ポーランド人、レジスタンスたち、虐殺されたジプシーたち、同性愛の人々、精神病患者、宗教もしくは政治的信念のために死なねばならなかった人たち、信じた価値を失った者たち、銃殺された捕虜、復員してきた者たちが人間性を取り戻すのを助けるために自らは生涯独身で孤独だった多くの女たち……。

戦争で誰が傷つくか？
ずっと未来の人も含む、すべての人たちだ。

現在におけるヴァイツゼッカーの最良の後継は、統一を果たした同国のアンゲラ・メルケルだとわたしは思う。今世界を見渡してみて、危機や岐路で最も的確に、そしてあたたかく、その国の民や、のみならず世界じゅうの人たちを導き、励まし、灯台のようになってきたのは、メルケルだった。父性的なリーダーシップと、女性の目線や細やかさと母性的プレゼンスが、同時にそこにあるのを見る。

人間の共同体には、そのような存在と言葉が、必須の栄養素のように不可欠だ。そしてそれは、誰かを力づけるために別の誰かを傷つけ、貶めるものであってはならない。自国の優れたところを言うのに隣国を貶めるとか。それは見えにくいところ、反論しにくいレベルでも、あることがある。

第二章　女性優位の言語空間

二〇一九年東京大学入学式祝辞

現代の日本の話をしてみたい。

あるスピーチが、痛みとしてわたしに残っている。

それは、わたしが傷つけたくない人たちを傷つけた。

にもかかわらずそのスピーチは、とりわけ女性には、拍手喝采さえされたものだ。そのことも、わたしの中で痛みとなっている。


二〇一九年度の四月に、社会学者でフェミニストの、東大名誉教授である上野千鶴子が、東京大学の入学式で祝辞を述べた。そのスピーチが話題になり、ＳＮＳやマスコミで女性を中心に共感や賞賛や喝采を得ていた。

そのことが、今でもわたしの胸に、重たい不可解さを残している。

これを、上野千鶴子への個人的な批評の意図はなしに、「性をめぐる典型的な問題をそろえたサンプル」として見てみたい。上野千鶴子という名を伏せてもよい。知らない女性が、入学式という記念式典に来て、祝辞を述べた。だとしたら。

じっさい、今の大学新入生にとって、フェミニストの上野千鶴子はビッグネームではないだろうし、ほとんどよく知らない人として、彼らは先入観なくまっさらに聞いたのではないだろうか。

このスピーチは主に、この社会で女子が被る不平等や不利益を扱ったものだった。拍手を送ったり、我が意を得たりと叫んだりした人も、有形無形の差別や不利益を受けてきたのだろう。

しかしわたしはこれに関して、当事者である「東大入学生」の声を、聞いたことがない。すべて外野の声だ。

新入生へのメッセージとは、若い人間の人生の節目において、彼らの一生の糧となるようなものとして、まずは彼らに贈られるものだ。

だとして、それを聞いた新入生当事者たちに、長い時間の中で発効するのはどんなことなのか。

わたしが最も知らないのは、それを聞いた男子新入生の気持ちである。

男子新入生は、果たしてその祝辞を聞いて「自分の入学は祝福されている」と思えたのか。

ＳＮＳなどで拍手をしたまったく部外者の人にも、同じことを聞いてみたい。

「もしあなたが男子新入生でこれを聞いたとして、拍手ができますか？」と。

「ご入学おめでとうございます。あなたたちは激烈な競争を勝ち抜いてこの場に来ることができました」

と、そのスピーチは始まる。

「その選抜試験が公正なものであることをあなたたちは疑っておられないと思います。もし不公正であれば、怒りが湧くでしょう。が、しかし、昨年、東京医科大不正入試問題が発覚し、女子学生と浪人生に差別があることが判明しました」

わたしはこの祝辞を、新入学生の男子として聞いてみると想像してみて、残酷だと思った。まずは男子であるだけで、不正の疑いの目が向けられてしまうのだ。

何が「非道」か

このスピーチは最後まで聞いてみると、入学生が励まされはする。

東京大学は前例のないことをしてきた大学であり、その東京大学はあなたがたを全力で支援するのだ、と言う。

しかし、スピーチはリアルタイムで聞くときには、どう展開するかわからない。こんな話を全部聞いてしまう、一人の男子新入生だとしたら……。

わたしなら、あとで吐きたい。何も言えずに、その場をやり過ごして耐えて、あとで一人で酒を飲んだりして、じっさい気持ち悪くなって吐くだろう。翌朝最悪の気分で起きて、自己嫌悪になるだろう。そしてそのことを誰にも言えない。言ったらバッシングを受けることがわかっているのだから。

「こんな話を聞いてしまう」とは、たとえばこんな話だ。

「東大工学部と大学院の男子学生五人が、私大の女子学生を集団で性的に陵辱した事件がありました。（中略）「彼女は頭が悪いから」というのは、取り調べの過程で、実際に加害者の男子学生が口にしたコトバだそうです。この作品（注：この事件に取材して書かれた姫野カオルコの小説『彼女は頭が悪いから』）を読めば、東大の男子学生が社会からどんな目で見られているかがわかります」

男子新入生の立場になったと想像して、いたたまれなくなった。

「辱めを受ける」という言葉が浮かんだ。

女子新入生の立場だったとしても、楽しく思えなかった。なぜなら、周りの同年代の男性に不信と恐怖を感じてしまうからだ。周囲に対して緊張を感じる。まだ男性経験もないかもしれない、そんな女性、これから恋をしようともいう人。

そして上記から導かれる「東大男子像」とは、どんなものだろう？

〈東大の男は、自らの東大ブランドをかさに着つつ、同等の知能の東大の女は敬遠し、自分の優位を誇れる「バカな女の子」をよりどりみどりに集めて好き勝手し、まともなコミュニケーションも恋愛もせずに集団でレイプする。この社会が男性優位な社会である限りこういうことは起こり、男性ブランドとしていちばん高いものを持つ東大男子にこれは象徴的なことである。〉

男子新入生は、知りもしない先輩の起こした刑事事件に対しての罪悪感をもたせられる。

男性であるというだけで。

男性の性は、根源的に「暴力」をはらんだもので、世間的に、つまり「悪」なのか？

敏感な男ならばそう感じる。

敏感な男こそ、社会や女性や、ほかならぬフェミニストが、その資質を大事に育てたい存在のはずだ。しかしそういう敏感な男たちに、これは極度の緊張と罪悪感を与える。

わずかな男性犯罪者のために、心ある多数の男性を傷つけてしまう。東大男子生徒に犯罪者がいたのはたしかだ。これをフェミニズム学会で言ってもいいが、東大入学式で言うのは非道だ。

人が見たこと聞いたことというのは、基本的にどこかに残る。どこかに刺さる。自分に当てられたメッセージならなおのことだ。あるときに、自分の、傷や不具合の発端として、意外なことを思い出すことがある。そんな記憶になりうるようなメッセージだと思う。これが刺さらないような人だとしたら、レイプはよくないという教育的効果さえ届かないはずだ。

その半面で、敏感な男性の中に、神経症とコミュニケーション不全の芽を植え付けてしまうかもしれない。彼らはコミュニケーション不全になるかもしれない。何を証明しようとしても、コミュニケーションは裏目に出る可能性はあり、だったら、はなから人とかかわらないほうがいい。

そんなふうに考えてしまう人間が、ひそかに生まれるかもしれない。

また女子新入生にとって、これを聞く意味と影響は何か？

この環境の人口の半分かそれ以上を占める人々「男」が、信用ならないということ？

愛するに足らず、能力は低いのに甘やかされて、女の利権を食う存在だということ？

記念的なセレモニーでそう教えられることは、若い女性にとってどんな意味を持つのか。

それはその場とか、数年の単位ではわからない。

これはいまだ問題となっていない問題、いまだ発現せざる問題なのだ。

男にとって、若い日の記念すべきセレモニーで、知りもしない先輩の悪行を同胞として引き受けさせられるのは、どんな気持ちか。それがどれほど神経症的な症状を彼らに引き起こしうるか。

いかに能力の高い人が育とうと、その人があまりに人間不信だったなら、あるいは同性しか安心できないとでも言うのなら、それは教育の大失敗なのだ。

フェミニズムとは何なのか

ジェンダー（性の社会的役割）の問題とセクシュアリティ（身体も含めた性）の問題が、このスピーチでは混ぜられている。

いや、セクシュアルな主体として、誰かを愛し、誰かに愛されたいと願う個人のことは、ほとんど扱われていない。

人間はトータルな存在だ。

トータルな存在とは、自分のかたちをわかろうとし、愛をわかろうとし、夢を持ったり持てなかったりし、それをかなえたいと努力したり、努力しすぎて心が折れたり、働きたいと願ったり願わなかったり、働かざるを得なかったり、仲間をつくったり、仲間と喧嘩したり、楽しんだり喜んだり、傷ついたり、人を好きになり、セックスをしたいと思ったり、人を好きになることに不安や恐怖を感じながらもやはり人を好きになる、恋に落ちる、好きな相手と一緒にいたいと願う、それと同時に、ときにはそのために勉強したり働いたりする……。そんな人たちだ。

入学式に出る人というのは、そんなトータルな、やわらかい存在だろう。

選抜方法に男女差別があり、同じことが社会に出ても続くから、女子が不利益を受けることを正そうという話もよい。それはたしかに正されるべきだと思う。

しかしそのために男性を敵視したり、女性の中に男性不信を植え付けたり、男性に自分への嫌悪を刷り込んだとしたら、そこに憎しみの種が撒かれる。対立がつくられる。

不平等は、あるだろう。不条理も。断絶も。それらはある。

そこにトータルな存在として、虹の橋を架けようとする言葉は、どんなものであるのか。

女（femme）から派生した言葉で学問の、フェミニズム。それはいったい何なのか。女を力づけるのに、男を貶めなければならないとしたら、逆差別としては機能するかもしれないが、結局は分断を生み出す。それを促進する学問なのか。どちらかを力づけるのにもう一方を貶めるのが必要だとしたら、愛国本と嫌中嫌韓本がセットなのと、同じ想像力だ。

女の人生はわかりづらい

たしかに女は生きづらい。

わたしもまた、女であることは生きづらいと思ってきた。まずは典型的な意味で。

女の、ある季節は初潮というかたちで強制的にやってくる。そして強制的に去る。そこに女自身の意志が関与できることはない。本当に季節のようだ。

これに対し、男は種としての「ここからが大人の身体になる」という共通体験がない。

精通、声変わり、どれもがすべての男にあるとは限らないし、わかりにくくしか起こらない男も多い。女が揶揄することのひとつは「男ってほんとうに子ども」だが、それは男のせいではないのではないか。それが男の生きづらさではあるし、共通体験がないからこそ「立場」や「プライド」という人工的なものを必要とする。それは仕方のないことだ。共通体験のない人たちのことを考えてみれば、そうなる。

女は生物的共通体験が圧倒的に多い。それが、女が傷ついたとき、しかるべき同性に話せば（人選さえ間違わなければ）慰めが得られるということにもつながっている。大半の人が同じ痛みや苦しみや辱めを受けたことがあるからだ。

女は生まれて死ぬまでホルモンに、体調から感情まで支配されて生きるようで、身体のリズムや変化は不可抗力な自然からの介入で自分の思い通りになることは少なくて、セックスはいいものだけれど、セックスにまつわる負担は女に一方的に、圧倒的に多い。

同じことをやっているのに、不公平じゃない？

と、権利以前のことで神を呪いたくなったこともある。

どこまでが不可抗力かどこからが意志なのか、女の人生はきわめてわかりにくい。それに対して意志の持ち方が、よくわからない。持ってもどうにもならないこともあるし、流されようと思ってみれば、すべて流されることもできる。すべてがアクシデントとその結果のように生きていくこともできる。

女の人生は、意志とアクシデントのはざまにある。

そんなふうに言ってみたくなる。

また、女は欲望の対象となる身体であるという。常に視線で値踏みをされ、その価値を競うコンテストまで男によって行われていてけしからんと言う人たちもいる。たしかにそれはわずらわしく、時に怖い。しかし、そのとき語られないのは、対象とならなければならないで寂しく、自信喪失するという女の質だ（もちろん、そんなことは全然ないという女の存在は尊重する）。

が、わたしがときどき面倒くさくなるのは、視線や値踏みのわずらわしさや侵入性を嫌悪しつつ、それがなければ寂しいという、「そういうことのすべて」なのだ。

この頃、性的存在であること自体捨てたい、あるいは超越したいと言う声をよく聞くのは、こういう気持ちなのではないかと思っている。にもかかわらず、人間は死ぬまで性的存在であるのを免れることはできない。どんなにジェンダーレスになってみても、性を生物レベルで捨てると、生も成り立たない。

そんなこんながもう、すべていやになりもするのだ……そんなふうに思ってきた。

もう、女のしあわせってなんのこと？　愛されること？　愛すること？　求められること？　自由に求めること？　子どもを持つこと？　ハッピーなのは、どこまでがホルモンでどこからがわたしなの？　子宮が女の感情の源って本当？

わからない。わたしにはわからない。それで女をこじらせたと思ってきたし、女をこじらせたことで泣き叫んだっていいと思っていた。それで誰を傷つけ悲しませたっていいんだとも、どこかで思っていた。

だって、わたしが傷ついているのだから。

だって、女なんだから。面倒くさいんだから。

この複雑な性を乗りこなす大変さでわたしはへとへとで、助けてほしい。

感情的なのは、わたしが望んだわけでもなく、女が不安定だからだ。そんなふうにも言いたくなる。一度、たぶんホルモン剤の影響で、ものすごく不安定になったり破壊的になったりしたことがあった。そのとき、人格というものがどの程度意志的なものか、わからなくなった。人格と性がどのくらいかかわり、かかわっていないかも、よくわからなくなった。

不安定な性として、そして不利益を被りやすい性として、わたしは傷ついてきた。

そう思っていた。

それを言うのは、そして共感を得るのは、自分自身の内的な抑制や障害をのぞけば、案外簡単なことだったはずだ。

現代は、女の不満をおおっぴらに言えば言うほど共感を得る言語空間だったのである。女の不満は比較的言いやすいし、聞かれやすい。言う定式もかなりの程度確立されている。しかしそれには危険な側面もあると、この頃思うようになった。

言葉を与えられることで、女の不満はさらに燃え上がり、それは目的を失ってゆく。目的を失ってゆくというのは、それが何かの改善のためでなく、ただの不満の垂れ流しとなることを示す。これは建設的なことではない。

男という他者をよく理解し、彼らと共にしあわせになりたいのか、男（相手）をただ批難して溜飲を下げたいのか、女自身にだってわかっているのかあやしい。感情がとめどもなくなるとはそういうことで、女性的な言語空間では特にすぐにそうなりやすい。

言語空間が女性優位であること

「共感」。

その観点から言えば、現代の言語空間とは、圧倒的な女の優位でできている。社会的な立場という観点では、いまだに女に不当にできた社会なのかもしれなくても。その言語空間とは、SNSなどのより日常に密着したものも含む、広大なものである。

いや、そういう日常的な言語空間こそは、誤解を恐れずに言えば「女性的な言語空間」である。

そして「共感」というのが、現代ではいいことの代表のように言われるが、暴力的にもなりうることである。

多数で囲い込んで、反対意見を封殺するような。出たものに批判を浴びせるというよりは、それが出ること自体をあらかじめ許さない、というような。

SNSで自分の夫や恋人がどれだけダメか、女が言うとかなりの共感を得る。男の上司や部下のことでもいい。

有名ミュージシャンの夫を持つ妻が、夫が私生活ではろくでもない人間だと罵倒するツイートを見たことがある。大手メディアがそれを取り上げているのも。なぜ個人攻撃を大手メディアが是認するのか、わたしにはよくわからなかった。にもかかわらず、そのトピックは取り上げられ、それによりさらなる共感を得ていた。ひょっとしたら、たいへんよくあるタイプのろくでもなさで、女が次々と膝を打ったのかもしれない。としても、それをやっていいのかわたしにはわからなかった。

立場を逆にして、男がパートナーの女や彼女を、彼らの価値観に照らしてどれだけダメかを公開で言いふらし、ＳＮＳ上で男同士で盛り上がったとしたら。それはかなり社会的なバッシングの対象になる。それは「暴力」だと言われ、抵抗されるだろう。

やることはほぼ同じでも、である。

これは明文化された禁忌があるわけではない。が、不文律としての「ジェンダー差別」ではないだろうか。だとしたら、「ガラスの天井」と同じように、見えない差別が男性に対してあることになる。

「ジェンダー的不均衡」が問題なのであれば、こういうことも問題として丁寧に扱われなければいけない。

#MeTooは何を目指しているのか

#MeTooという社会運動がある。

女性が現在や過去に受けた性被害や性犯罪について、声をあげられる草の根の社会運動だ。女性が暴力に対して黙っていないのはよいことだし、こと性被害や性暴力というものに対して、女性がそれを語ることさえ、どれほど勇気を必要とするものかもわたしはわかるつもりだ。性被害で人がどれだけの傷を負い、抱え続けることになるかも知っている。ほとんど一生というケースもある。数に力を得てしか言う勇気のなかった、無数の人たちの傷があるのだろうとも推察する。

けれど。

#MeTooの当事者には、いつだって、特定の加害者がいたはずだ。

告発の対象は「その人」であるはずだ。

「男」ではないはずだ。

そして加害者は男だったとも限らない。

男から女にされたものとも限らない。女から男、男から男、女から女。「性」の軸だけとっても、合計四通りある。

けれど、いつしか「対男」のワードに、#MeTooが定着しつつある危険性も感じている。

すべての暴力が男から女に流れるわけではない。にもかかわらず、そこでは暴力が男から女に流れることが「前提」とされている雰囲気を感じる。

それとも、#MeTooやフェミニズムは、「男性や男性性を撲滅する」ための運動なのだろうか？

特定の加害者を訴えるときに、そういう被害に遭ったのが自分だけではないことに支えられ、告発によってさらに傷つく危険をおそれながらも勇気を振り絞るためのものなのではないのだろうか？

男という、愛すべきでもあるもう一方の性と、よりよくわかり合い折り合うためのものなのか。それとも男の力を封じ込めたいという欲求の産物なのか。

どうも、後者へと行く可能性をはらんだ運動であるように思えてならない。

以前、創作を教えた二十代の男子学生が、突然こんなふうにつぶやいたことがある。

「男性として、女性の眼差しの中で生きていくのがしんどい。加害者たちと同じ性を持った人間であるということが申し訳なく、消えてしまいたい」

なんと悲痛な声なのだろう。そしてなんと、かすかな。そしてほとんど、真面目にとられることもない。

これが本当に、真面目に吐き出した言葉だったら。

生きづらさのかたちは、こんなにもちがうのだ。

「権利」と「身体」

性にまつわる不平等や不均衡は日々問題になる。

ただその議論は、いくつかの点で大きな不備があるように思う。

まず、両性の側面があっていいと思うが、男性はほぼ、ケアされるべき主体とみなされないこと。

性に関する議論が「権利」偏重になりやすいこと。

「身体のちがい」が、女性が出産するという以外の点では、ほとんど考慮に入れられないこと。

それはたとえるなら、「陰と陽」を同じ基準で比べようとすることに感じられる。

権利の平等はいいことではある。可能な限り目指されるべきである。それを突き詰めると、女子も徴兵に応じることにはなるが。これを言うと戦争は男がするものだという反論があるかもしれないが、女は戦争をしないというのはただの嘘だとわたしは思っている。「今のような」戦争はしないだろうというだけで、女も争う。女も誰かを攻撃する。

わたしが言いたいのは、「男女同権論」の中で忘れられがちなのは、あまりにちがう身体への想像力だろう、ということ。

産むようにできている性と、産むようにできていない性。一緒にいたとしてもライフコースがまったくちがう、というだけではない。

それほどにちがうからには、生まれてから死ぬまでの日常で感じることや、世界の捉え方がまったくちがうのだろう、という想像力だ。

人間はどこまでも、身体のインプットと身体の情報取捨選択傾向や処理能力などによってこの世界を体験している。

そこまでちがう身体は、感じるものがかなり、想像を超えてちがうはずなのだ。

女とエレクトリック・ギター

「身体のちがい」を感じたわたしの一例を、話してみたい。なんの証明にもならないかもしれないが、想像力を持って読んでもらえたら嬉しい。ちがう身体がどんなであるか。

わたしは先日、チェロを買った。正確に言えばエレクトリック・チェロ。わたしには弦楽器へのあこがれがあり、電気楽器へのあこがれもあった。チェロを、弾くポジションで抱えてみたとき、うまくなれるかは別として「これは扱える」という体感があったのをよく覚えている。

わたしはそれまで、好みの交点としてお約束のように、エレクトリック・ギターをやってみた。エレクトリック・ギターは空洞のないコンパクトなボディと長いネックのある、首からストラップでぶらさげて弾くギターだ。空洞があって胸や腿《あし》で支えるアコースティック・ギターとは持ち方がずいぶんちがう。ぶら下げたまま弾き、歌い、走ったりするのがエレクトリック・ギター。

ところが、エレクトリック・ギターというものが自分にはまったく扱えなかった。身体がそれを扱えると思えなかった。

チェロを持ってある種のしっくりくる感じを体感してみると、わかる。

わたし個人として言えるのは、「不安定にぶら下がっているものを、身体の一部のように扱うのは、男のほうが向いている」ということだ。下ネタを言う気は一ミリもない。まったき実感だ。

そうして考えてみるに、女に「エレクトリック・ギターの名手」という人は、ほとんどいないのだ。もちろんうまい人はいるし、存在として華のあるエレクトリック・ギターの女プレイヤーや女バンドマンはいるが、「テクニシャン」とか「自由自在」「それを弾きながら歌い走り回れる」みたいなレベルの女性はほとんど見たことがない。それは男性なのだ。

そして、これは「エレクトリック・ギターは女の子のやることじゃありません」とジェンダー的に抑制されてきたから、とは思えないのである。ぶらぶらぶら下がるものを抱えて当惑しか覚えられなかった自分を、わたしはよくおぼえている。

先に述べた東大入学式の祝辞の、いちばん大きな主旨は、「男女の権利の平等」だった。大学の学部ごとの男女比率や合格比率の不均衡が、不平等が存在する根拠であり、それは選抜段階のみならず、その以前から「男だから（高いところをめざしてよい）」「女だから（控えめに、女性らしい分野で）」などという、親や社会からの刷り込みがあるからだという。

一理はあると思う。

けれど、そのどこまでが身体にねざした傾向で、どこからが社会的刷り込みなのか、はっきりと分けられる人はいない。

男児の多くが電車や乗り物とそのおもちゃを好むわけを、刷り込みだけに求めるわけにはいかない。長じて、工学部などへの志願が男性のほうが多いのが、どの程度女性の社会進出を抑圧してきた社会がもたらしたものなのか、判別することはできない。

混同されるセクシュアリティとジェンダー

性がらみのワードは、日々、自動生成機でもあるかのように量産される。にもかかわらず、人がそういう語をつくるとき、本能的に瞬時にしている「仕分け作業」には驚いてしまう。

例をあげるなら。

○○女子（○○ガール）、○○男子（○○メン）という言葉はよくあるが、ジェンダーのイメージギャップのあるときにのみ、使われる。

たとえば「狩りガール」「釣りガール」「テツ子」（男のテツはただのテツだ）。「肉食女子」。

たとえば「手芸男子」「家事男子」「イクメン」「草食男子」。

女が家事をしても、「家事女子」と誰も自称しない。面白いほど、しないものだ。それは誰の注目も引かないとわかっている。

そのとき人は、無意識にセクシュアリティとジェンダーをないまぜにして、その指標でもって、瞬時に、自他をラベリングする。ジェンダー平等主義者だってその手の差別化を本能的にする。それと同時に、自分に有利なポジションを得ようとする。

セクシュアリティとジェンダーは、日々、随意に混同されたり、随意にどちらかだけ選ばれたりもしている。はっきりと分けられる人がいないからこそ、随意に混ぜられ、随意に分けられている。

第三章　草食男子とは何者か

草食男子という誤認

「草食男子」の話をしたい。

恋愛や性に消極的な男子、という意味に使われることが多いだろうか。元気がない男と同義にされるなど、ネガティブに使われることも多い。

そもそもは「草食動物のようにやさしく草をはんでいるような男子」というポジティブな意味でつけたと、名付け親のコラムニスト、深澤真紀は語っている。初出は二〇〇六年。いずれにせよ、一時の流行語であることを超えて、今では定着した感のある言葉だ。

この言葉は単純な事実誤認をはらんでいる。とわたしは思ってきた。

簡単な誤認だ。

草食動物だからといって、性に消極的などということはない。

まったくない。

肉食動物に捕食される宿命のある草食動物は、個体数を多く保つ必要があり、繁殖期のオスの発情のしかたは半端ではない。交尾《セックス》する資格を得るためのオス同士の争いが熾烈なのは草食動物だ。そこに、いわゆるやさしさや競合相手への思いやりなどはかけらもない。それで致命的なほどの傷を相手に負わせるオスもいる。そして傷を負ったものは誰に謝られるでも慰められるでも癒やされるでもない。そこに「やさしさ」や「思いやり」は、かけらもない。

また、「草食動物」の比喩に対置されているのはもちろん「肉食動物」であり、狩りをすることが特徴である。

「草食男子」の特徴とは「狩りをしないこと」。

つまり女性（または女性的存在）にアプローチをかけない、「襲わない」こと。

それが「やさしい」ことだという。

こういう男性が「やさしい感じがする」のは、認めてもいい。

だが、もう一つ別の事実誤認がある。

たとえ肉食動物といえども、同種（ライオンならライオン）のメスを狩ったりしないのだ。動物のオスは決して、同種のメスを襲ったりしない。同種のメスを狩ったり襲ったりするなら、その動物はストレスとか薬物とかなんらかの理由で狂っていて、野生ではないだろう。そしてその「狩り」は厳密には狩りではない。殺傷であり、命を奪った相手を食べもしない。相手を食べるなら共食いである。肉食動物が同種のメスを無理やり襲ったりしていたら、その種は滅ぶ。

野生動物はレイプをしない。メスに受け入れられなければ、無理やりに性交することはない。その意味では、野生動物は「やさしい」。草食肉食の別を問わず。人間がなくすことのあるやさしさと自制とを、本能でそなえている。

野生動物の本能には自然のリミッターがかかっている。そのリミッター解除の方法を動物は知らないし、知ろうともしない。自然が解除しない限りは自分で解除しない。解除のきっかけを季節の巡り以外のなにかに求めることもない。

野生動物は自然の摂理のようにしか欲情しないし、行動しない。季節外れに自分で勇気を出して好きなメスに迫ることもない。レイプもしないし、拒否されて相手を傷害するようなこともない。野生動物は勃起不全を患わない。射精不全を患わない。拒否したメスが、あるオスのマナーが最悪だったなどと悪い評判をメスコミュニティで立てることもない。メスが団結してあるオスをメスの敵だと総スカンしたりすることもない。今言ったすべてに、草食と肉食の別はない。

動物の捕食は恋の時間と似ている

ここでわたしは「草食男子」というタームが間違っている、と指摘したいのではない。

単純な誤認に人が気づかず、この言葉をすんなり理解し納得し伝播させるのが面白い。そう言いたいのだ。

つまりは人だけが、恋愛とセックスに狩りのイメージを持てる。もし同種に対して持ったなら、相手を滅ぼしてしまうイメージに、恋を仮託してゾクゾクする。

ここに、人間の性愛の秘密の一端が隠れていそうに思う。

しかしここを考えてみると、別のよじれが浮かび上がってくる。

恋愛やセックスの能動性に、肉食動物が獲物を襲うイメージを持ち、重ね合わせる。ということは、相手を草食動物だと見ることである。

ライオンとシマウマ。これは自然界としては、恋愛やセックスが発生する関係ではない。捕食する者とされる者の関係である。

自然としては成り立つ恋愛ではなく、力関係のメタファーがただ、人の脳内に存在する。人の中の「みなし」である。

人間がなぜ、こういうメタファーないしファンタジーを性愛に持つのか。あるいは、必要とするのか。

いくつか思うことがある。

動物の恋愛はある季節にしか起こらない。が、肉食動物の捕食なら一年中起こる。とつぜん関係の均衡が破られる。人間の恋のはじまりや欲情がそうであるように。

動物のセックスより、動物の捕食のほうが絵としてずっと美しい。見ていてずっとドキドキし、情動を揺さぶられる。

動物のセックスはつまらないものだ。行為自体は一瞬で終わる。隠れることなく、恥じらうこともなく、仲間の面前で堂々と、ドンと一瞬、ことがなされる。終わり。すぐさま離れる。拒否にしても、拒否されたほうの引き下がり方にしても、駆け引きもダイナミズムもない。メスは身体をかわすだけだし、オスは離れるだけだ。つまり、見て物語が喚起されるようなところは少しもない。

捕食はちがう。

見てドキドキする。

穏和な時間が流れ、草食動物が草をはんでいるサバンナに、とつぜん捕食者が走る。

捕食者は、とつぜん動く。とつぜん、スピードを出す。

とつぜん群れを乱す、とつぜん間合いを詰める。すべてがとつぜんであり、そうでなければ成功しない。

これは恋の時間と似ている。とつぜん始まる。とつぜん日々の均衡が崩れる。それなりに安定していた一人の世界が崩れ、他人が心に侵入してくる。有無を言わさず。その人を見て時間の流れがちがって思える。意思でコントロールができない。

そしてはじめて告白するとき、はじめて触れるとき、はじめてキスしようとするとき、はじめてセックスしようとするとき。

必ずどちらかが均衡を破らなければならない。どちらかがリスクを冒さなければならない。とつぜんスピードを、間合いを変えなくてはならない。なぜだか均等では恋は動かない。等スピードでは動かないのだ。また、勢いのあるときとつぜんするのでなければ、するほうにも勇気がでない。

恋じたいは気がついたら始まっている。恋に落ちたことには、気づくだけだ。恋はいつでも事後承諾である。

が、恋を動かすとき。必ず一方が、均衡を破らなければいけない。

捕食のたとえに戻ろう。肉食動物はとつぜん動く。草食動物はとつぜん逃げる。追われたら、逃げる。逃げる。逃げる。どんな結末も度外視して見るのならば、その逃げるさまは美しい。美しいと感じれば、もっと追いかけたくなる。獲物を追う肉食動物の姿も美しい。

その切迫感や見るときの心拍の上がり方、情動のうねり——これは体感だけで言うなら、恋の体感と近い。

受け身同士の恋愛は成り立つか

ここで疑問が出てくる。

「草食男子」というものを考えた場合、その恋愛相手とされているのは何者なのだろう?

これに対して明確な答えを見たことがない。

肉食男子の恋愛対象は、草食女子であろう。

なら草食男子の恋愛対象は?

深澤真紀の定義では、「草食男子」とは「恋愛に『縁がない』わけではないのに『積極的』ではない、『肉』欲に淡々とした『草食男子』」。

哲学者の森岡正博の定義では、「草食系男子とは、心が優しく、男性らしさに縛られておらず、恋愛にガツガツせず、傷ついたり傷つけたりすることが苦手な男子のこと」。

それにしても「草食男子」というタームが、もとは人間の恋愛を狩りにたとえるメタファーを下敷きにしてはいて、そのアンチなのだが、草食男子（草食動物）が肉食女子（肉食動物）を好むという世界観は考えにくい。

ならば対象は、草食女子、なのだろうなあと思う。

仲良く並んで草をはんでいる――草食男女の世界観としてはそういうものだろう。

そしてどちらも恋愛には積極的ではなく、受け身である。

うつくしい世界ではある。が、「肉食男子」の恋の向かいどころが「草食女子」であり、自然界には成り立たない恋愛であるのと同じくらい「草食男女」が恋愛に消極的な仲良し、というのも自然界に成り立たない世界である。

というのは、自然界では、同種のオスメスは自動的にセックスするものだからだ。

野生動物にとって、異性に発情しないというチョイスはない。

とすると「恋愛が起こらない同種の組み合わせ」は、意外な結論を導き出す。

それは、同性であるということ。

意外な解。でもこれだ、と直感してしまう。

どちらも受け身の、女性型の組み合わせであるということ。

それは単にイメージの言葉であるから、そこまでのリアリティはない、という反論はあるだろう。が、イメージだからこそ、人は自分の中の大事なことを託すのだとわたしは思う。でなければイメージを必要としない。

同性カップルというものもある、という反論ももちろん受け付ける。が、同性カップルであるにせよ、カップルになったからには、ある時点でどちらかがアプローチして相手を引き寄せる瞬間があったはずだ。

誤解を恐れずに言えば、同性カップルであっても、男性的存在から女性的存在へとエネルギーが動いたのだ。電気であれば、プラスからマイナスに流れるように。水であれば、高い方から低い方へ流れるように。それはジェンダーロール論ではなく、陰陽のしくみである。

草食男子と「フェミニスト」

これを考えているときたまたま、面白い話が聞けた。「草食男子」を昔はなんと言ったのかなあと考えていたとき、年上の友人Mが話してくれた。

「フェミニスト」

と、その人は自分の体験から答えた。

今で言う草食男子を、昔は、「フェミニスト」と呼んだと。自分はそう呼ばれたと。その「フェミニスト」は、女性権利運動の運動家のことではない。字義通りのフェミニスト、つまりフェミニン（女性的）な、イスト（マン＝人間、男）だ。

その人は、一九七〇年代末からエロ本のカメラマンをしていた。「フェミニスト」は一九八〇年頃に現場で彼が言われた言葉だという。

当時、モデルは素人が多く、脱がせるのはカメラマンのいちばん大きな仕事だった。ヌードを撮る現場で、ヌードになってくれる承諾をとるのが仕事の肝だったというのだ。彼はモデルにブラジャーをとらせるまではうまく、早かった。だがその先、写真を撮ると「女が撮った女みたいな写真」になってしまい、卑猥さが足りないことを「フェミニスト」と呼ばれたと言う。

この人、今はトランスジェンダーであるＭの話は、また出てくる。

朝ドラのロマンス

これを書いている間にたまたまテレビをつけると、ＮＨＫ朝の連続テレビ小説がやっていた。ちょうどヒロインに、未来の夫となる男性が恋心を告白する回だった。

そのとき、わたしの中で不意にパタパタパタパタと、ＮＨＫの連続テレビ小説の歴史がつながった。

これが、朝ドラの序盤から中盤のハイライトのシーンだ!!

ＮＨＫの朝の連続テレビ小説とは、ヒロインが、おおむね戦争をはさんだ時代に、その時代や環境の荒波に揉まれながら、夢と愛とをかなえる話だ。

半年に一本つくられてきた様々な作品の中に、決まってヒロインが男に不意に抱きしめられるシーンがあった。

序盤から中盤にかけての、お約束的なおいしいシーン。女性の大好物なシーン。

そこがゆっくり時間をとって、印象的に、演出されて見せられてきた。

詳細はこうだ。

ヒロインには、互いに意識しあっているがどちらからも言い出せない相手の男性がいる。のちに夫となる男性なのだが、その男性に不意に抱き寄せられ、抱きしめられ、ヒロインは自分の愛の成就を知る。

ここは大事なシーンで、いろいろなシチュエーションを観てきた。

わたしが近年でいちばんよく覚えているのは、『赤毛のアン』原書を戦火から守り翻訳した訳者の話『花子とアン』の、主人公の親友・蓮子（柳原白蓮がモデル）と恋人が駆け落ちにまで至る思いを確かめ合った雨の中のシーン。町の女医として慕われた女性を描いた『梅ちゃん先生』。

雨の中で男は女を強く引き寄せたので傘が飛ぶ、けれど二人は濡れるのもいとわずに抱き合う、とか。そして女が抱きしめられた後には、抱きしめられるまでの時間がスローモーションやアングル違いで再現される。それは女の脳内だなあと思う。朝の連続ドラマは女性向けだから、これが女性の好みなのだ。様式美にまでなった好みなのだ。

『梅ちゃん先生』では、抱きしめられたときの驚きと、男の胸の中で安堵する堀北真希の表情が秀逸だった。

「気がついたら抱きしめられていた」

というような、時間の飛び方。間合いの詰められ方。

これは、相手がとつぜんそれまでの日常を振り切って、突発的に速く動いたことを示す。

相手の腕力が強いことを示す。

女にとって、少し怖いような瞬間だろう。その後に続く、突然のぬくもり。やさしい男に戻った男の。

時間がまた流れ出す。

そのときのことを女は何度でも味わい尽くそうとする。

そして画面の中の最後の演出はこうだ——驚いたヒロインは、最初身体をこわばらせているが、彼を受け入れ、力を抜いて、安堵したような表情で男の胸の中で目を閉じる。

男の中では何が起きていたのか。

そのシーンを駆動したのは、男の中で恋心があふれた瞬間、である。その瞬間はいつきてもおかしくなかったが、そのときとつぜん来た。だから雨の中だったりあぜ道の真ん中だったりした。これ以上、自分の中だけに心を押し留めておけないというポイントがいつ来るかは、本人にも選べない。そして来た波に乗らなければ一生このままかもしれないという予感に男は焦る。その切迫感から行動を起こす。だから直線的だ。思わず手をとって抱き寄せて、腕の中に抱く。これは、賭けだ。

そのとき、女が男の胸の中で見せてゆく安堵の表情は「本当はこれを待っていた」という表現である。

「何してほしい」という希望を一切言わないまま、女性はある意味、待っていた。好きな相手が動くようにと。そういうふうに女性の気持ちが造形されている。わたしはこれを時代錯誤だとは思わない。女性のツボの具現であるから、時代を超えて何度も反復されるのだと思っている。もちろん女はみんな本当は待っている、なんて言う気はさらさらなくても。

ただ、これは年々、現実では起こすことがむずかしいシーンになっていると思う。男はこういうことを、こわくてできないだろうなと。もし自分の勘違いで両思いではなかったら、相手の女に訴えられるか、女のネットワーク社会で悪評を立てられて抹殺されかねないからだ。

「抱き寄せていいですか?」

そう考えていたとき。

二〇一九年後期スタートの『スカーレット』では、お約束のおいしいシーンの、男の感じがすこしばかり違った。

彼は、許可を求めた。曰く、

「抱き寄せていいですか?」と。

「抱き寄せ」に許可を求めるヒロインの未来の夫を、わたしは、朝の連ドラ史上で初めて見た。

ヒロインの相手の男の型を守っていながら、かなりアプローチに慎重な造形をされている。

これが現代の「草食男子≠消極的な男」と「男からアプローチするのが普通だった時代」をつなぐ男性造形かもしれないと思う。

「抱き寄せていいですか?」

というセリフと言い方が新鮮。

それでも、男からアプローチしたのは事実。ジェントルだが、切羽詰まって。

方程式は崩していない。あぜ道の真ん中という唐突さ。そういう唐突さ、切迫感が、恋だ。

心はどの瞬間も相手への思いで満ちているのだから、飽和するのは時間の問題なのだ。

女が答える。なんと、

「いやや!」と。

男がひるむ。

現実ではここで決定的にすれ違って、両者ともに、特に男に、心の傷が残って終わることも多いのだろう。

しかし、この女のセリフはリアルで、女はこういうときに、こういうアンビバレントなことを言うことがある。ひとつには、虚をつかれた人間に共通した反応。そして、筋力が圧倒的にちがう存在と抱き合うのは、本当に少しこわいことだから。関係性が変わることにも。怯えが、逃げるそぶりにも似たものを見せる。これこそが、草食獣に似ている。こういうとき冗談にしてしまって、ずっと後悔する人もいる。

性愛の局面で「肉食／草食」のたとえは、どちらかが肉食獣でどちらかが草食獣である場合にだけ成り立つ。

つまり、同種ではない。どちらかがどちらかを捕食する関係なのだから。

種まで異なる存在を、異性愛のメタファーにあてるとは、やはり人間の想像力は面白い。

朝ドラのヒロインの話に戻ろう。さすが戦後を支えた女性の強さがある。男にこう告白する。

「泣いてまうから。好きやから！」

恋愛成立！

弱気な男と、意思表示をするヒロインという造形だった。

あいまいなサインを正しく読んでください

しかしよくよく見ると、やはりお約束的な、男女の駆け引きをなぞっている。男に許可を求められて、女が許可を与える。ヒロイン自ら行動を起こしたわけではない。許可を得て、女を抱き寄せる男。抱きしめるシーンは、歴代の朝ドラの同類シーンからすると、さらっとしていて、甘い反復もない。

ドラマ的には盛り上がりが少ない。

つまんないと、わたしは思ったくらいだった。

そこには、とつぜん手をひかれるような、スピードの変化やダイナミズムがなかった。そしてすぐ、あぜ道の真ん中で抱き合っているのを父親に見られて引き離されるというドタバタな展開へと至る。父親は男を殴り、ヒロインを無理やり連れ帰る。ヒロインが連れ帰られた家では、父親が恋愛に終始反対する。一方で、ヒロインには見合い話が用意されている。

次のシーンではヒロインが男の下宿に行く。都会から来た、一人暮らしの人なのである。男は怪我をした。

恋愛の話をしたい男に対して、ヒロインは怪我の治療など関係ない話をして、はぐらかし続ける。

それに続く、男の察し力がすごい。ありえないほどすごい。

「お父さんか?」

と聞くのである。

お父さんに恋愛や結婚を反対されているのか、と。

ヒロインは、黙りこむことで肯定を表する。画面にはヒロインの横顔アップ。視聴者はわかっているが、これを現場の男が表情だけでどういうことかを読み取るのは、非常にむずかしい。

もしかして、すべては場の勢いで、自分は間違ったことをして、それを女に無言で訴えられているのかもしれない、と男は考えたりする。ここで引き下がる男もきっといる。女にも強い恋心がなければ、このくらいで終わる恋はざらにある。ここをミスらないことは、現実にはむずかしいのではないか。

と、ヒロインが唐突に言う。

「帰さんといて!」

一人暮らしの男性に、わたしを家に帰さないで、と言う。

字義どおりに読んでも、読めない言葉。

これもドラマや芝居で女性好みのセリフではある。が、実際には読み取りがものすごくむずかしいだろう。こういう場面で判断をまちがえた痛恨の話が、至るところに転がっている。

女が誘っている言葉だ。

とてもあやふやに。

女が誘い、最終決定は、男にゆだねる。

そういうかたちをとる言葉だ。責任は最終的には、男にあるかのようにする。ここでも決定的な瞬間は男に渡す。最終的にそれを受諾したのは男だ、というかたちにする。

これを古いタイプの女と呼ぶことはできない、とわたしは思う。自己決定ができない女というわけでもないと思う。

エネルギーの流れとして、最終的には、プラス極からマイナス極に流れるのが自然だ。

それが恋愛の快なのだ。

女の欲求とはつまるところ、「それを起こしたい」ということなのではないか、と思う。

想う男に最後のスイッチを入れたいということ。そして「襲わせる」こと。見ようによっては「女の罠猟」「囲いこみ猟」。

こういう女のやり方を嫌悪する女も、現代ではいる。

また、こういうあやふやさを読み解き、さらに責任は自分にある、というかたちにされることが嫌だという男も、いそうだ。たくさんいそうだ。

そして、自分はもしかしてあのとき、あいまいなサインを見落として取り返しのつかない失敗をしたのではと、ずっと悔恨する男も。

なかった失敗はどういうものか

同時期に偶然読んだ『やれたかも委員会』という漫画のある回が、まさにそういう話で、男の気持ちが痛切だった。

同作は、やれたかもしれない（セックスできたかもしれないのにできなかった）という甘苦い思い出を持つ人が「やれたかも委員会」という面接会場風の場所をおとずれ、思い出を独白し、最後にやれたかやれなかったかを委員会に判定されるという話であり、基本的には一話読み切りのコメディ的な作品である。

ただ、わたしが読んだ「童貞からの長い手紙」というのが十回続きで、他の話より生《なま》の痛みのようなものがあったので、心に残った。

委員会の中心メンバーである中年男・能島に、恋愛で傷ついた若い男性・寺河内からの手紙が届く。それは恋愛で「何かした」傷というよりは、「何もしなかった」ことによる傷なのだ。

何もしなかったのに、相手に不興を買った。何もしなかった傷だからこそ、何が悪かったのかわからなくて、手紙の主である若い男、寺河内は苦しんでいる。タイトル「童貞からの長い手紙」からすると、それ以来、他の女性とのセックス経験もない。かなりの傷になったと見たらよいのか。

手紙の内容で、ある回想が再現される。

それは寺河内が、前出のＮＨＫ朝ドラの抱きしめシーンと同等の「恋心や欲望がピークであふれそう」なシーンで、行動を起こせなかった話だった。

大学時代に在籍していたスキューバダイビング同好会で、好きでたまらない女の先輩がいた。先輩は自分を男としては見ず、告白したがフラれる。しかし卒業後、ひょんなことで再会した先輩は、寺河内を部屋に招き入れる。そして先輩自身はベッドに倒れ込んで眠ってしまった。同じひとつのシングルベッドに一緒に寝た寺河内。はちきれそうな恋心と身体を持て余しながら、ぐるぐると先輩の心を推測したあげくに、先輩が疲れたときは邪魔をせず心の支えになれる男になろうと心に誓う。そして指一本触れずに眠りに落ちて、朝を迎える。

翌朝、先輩は笑顔だった。自分の選択は正しかったと寺河内は内心ほくそ笑む。だがその日を境に、先輩は一切の連絡をとってくれなくなる。

何かを間違ったのだろうか？

やらなかったからこそ、わかりにくい。わかるよすがもない。

女がかすかに出すサインを読めなかったか、読み間違ったらしく、何を後悔していいかもわからないようなことをした後悔？　そんな後悔は無間地獄だ。

先輩の心は、一切描かれていない。

本当は誘ってほしかったのかもしれない、それもセックスをしたいというよりは、誘われることで自分の魅力をたしかめたかったのかもしれない。だから指一本触れられなくて傷ついたのかもしれない。

一切合切、わからない。

本人にも自分の心がわからず、何が自分の望みかを知りたいというのが望みだったかもしれない。

やはりわからない。

女は、本当に口説いてほしいなら、リスクをとって口説いてほしいと言わなければ、男はわからないだろう。

そこまでしなければ、現代日本では男はアプローチしにくいかもしれない。

男のリスクは女より高い。

ただフラれる可能性だけではすまない。現代では。社会的リスクがそこには生じる。

男になれない男たち

この回がとてもしみたので、身近な男にきいてみた。

「好きな女と同衾までしておいて手を出さない男の気持ちって、わかる?」

「わかる」

と男。

「それはどうしてなの?」

「レイプ魔だと思われてしまうかもしれない。それで女のネットワークで悪評判を立てられたら、社会的に死ぬ。ＳＮＳでつぶやいただけでもすごく拡散するおそれがある。女社会からハブられたら、そこでは生きていけない」

「フラれるリスクだけじゃないということね？」

「そう」

「それすごく大変じゃない？　恋愛だけじゃなく、日頃から」

「江戸時代くらいまではさ、祭りでみんな乱交して、誰の子かわからない子を、村のみんなで育てたとか言うじゃない？　性は祝祭だからセックスにコミュニケーション能力はあんまり必要ではなかったと思うんだよね」

「でもさ、和歌を詠んだりとかのスキルが」

「それは上流の人ね。庶民にとっては、祭りと同じような感じがあったんじゃないかと思う」

「今は？」

「男性も女性と同じコミュニケーション社会に組み込まれて、男社会と女社会の境目がなくなってきた感じ。女とつきあうには女にならないとダメっていう均質社会」

ああ、これが、「草食男子」の発生ではないだろうか。

男も女の仮面を着けないと、コミュニケーション空間では生きていけない。そこから恋愛関係になるには、いったん女の仮面をとらないといけないのだが、女の仮面をずっとかぶっていると男の質が成熟しない。あるいは、男の質を嫌悪するようになる。

女の同質性の力学が働く。

均質社会。

そこでよほどのリスクをとらないと、男は男になれない。

それは、女も女になりにくい、ということだ。

草食男子とは誰か?

ここでもう一度、草食・肉食のたとえを思い出す。

誘っておいて逃げる、あるいは逃げながら誘う。誘いながら最終的には決定を男に委ねる。そんなアンビバレンスを女が、どこか本能で好むとしたら、そのふるまいは、あやふやに、草食獣的である。

もし、男が肉食獣で女が草食獣、そういう関係性が、性愛において起こりやすいものだとする。だとすると、男性のむずかしさがもうひとつある。

もし、男が狩りをしないといけないのなら、狩りは教わらないとできないということだ。生まれ落ちて、単独で狩りができる肉食獣はいない。絶対に狩りを習う。男にセックスの「教材」やハウトゥ本が、異常に多い理由が、初めて腹に落ちてわかった気がする。

それは必要なのだ。

しかし「狩り」の内容が、現代では複雑な情報戦になってきている。情報戦は男の不得意分野に入る。

女も狩りをするとは言える。しかし女の狩りは、「罠猟」である。エネルギーがプラスからマイナスに流れるのが、恋愛のはじまりとしてはスムーズなのだ。

ポルノやハウトゥ、男による男向けのもので、本当は女のツボなんかをぜんぜんわかっていないとしても、男はそういう指針を必要とするし、ある程度は間違いでも真に受ける。感性の豊かな男の中にはそういう「教材」に傷ついてしまう者もいる。そして間違いを適用しようものなら、女に手痛く拒絶されるか、訴えられる。

思うに。エネルギーの流れとしては男性が押すのが良くても、セックスは二人でなくてはできなくて、そこに「教材」は、本当のところない。感覚や好みを伝え合うしかない。出逢った者の間で模索するしかないことで、そこにはどちらにも忍耐がいる。たまたますごくうまくいったセックスは、アクシデントであることが多い。おそらく再現性はない。

「許可なしのセックスないし性的接触」を「レイプ」という。

「関係性や力が上であることを利用したレイプないし性的いやがらせ」を「セクシュアル・ハラスメント」という。

そこで。

「許可がないので、できない」「許可をどうやってとったらいいのかわからない」のが、〈草食男子〉と言えるのではないだろうか。

これは言うよりむずかしいことである。一触即発で訴えられる可能性もはらんでいる。フラレるだけならともかく、社会生活にまでダメージをもたらす危険がある。

女にも責任がある。

セックスはたぶん、端的に言って「女性に感覚を教えてもらわないとうまくできない」ものだ。あるいは女性と練習しないと。それをどう切り出していいのかわからない男性が多いのではないだろうか。プライドもある。男のプライドを決して軽視してはいけない。そのうえで、女が度量を持たないと、現代日本では性愛というものがとてもむずかしいと思える。そして「許可をとるのがとてもむずかしそう」と思うのは、敏感な男たちであり、感性が豊かであり、彼らは確かにやさしい男たちなのだ。そして女にも、女性的な情報空間にも、女を内化して防備している自分にも、おそらく疲れている。

「セクハラ」という言葉の有効性

愛と性をめぐる問題系の中で、最もありふれたことのひとつなのに、議論が一向に深まらないことがある。つい先に触れた、いわゆる「セクハラ」の問題である。「セクハラ」と聞くと、良心的な男性の多くがどれほど身構えるものかを、わたしは知っている。同時に「セクハラ」を受けたと感じる側が、どれほど驚いたり不安定な気持ちになったり傷ついたりするものかも知っている。

これは女性とは限らない。性的な傷は男性から女性に付与されるもの、とは限らない。いわゆるフェミニストの多くがそう考えて、男性を女性の敵呼ばわりするのは痛恨の極みである。男から女の例が多いのは事実だが、その理由は別の機会に論じてみたい。

これから話すことは、セクハラは男性の行為とするものではなく、むろん男性を論難するものでもない。同時に、受けた側の落ち度を責めるものでもない。

「セクハラ」という用語自体の、有効性についての話である。

今のセクハラ議論は、誰をも防衛させるだけ、という気がしている。もしかしたら「セクハラ」という語を使うことで、誰にも真実がわからなくなるのではと疑う。社会全体にも。訴えた本人にさえ。

先日起きたわたし自身のある経験をきっかけに、わたしは「セクハラ」という用語自体の有効性を疑うようになった。理由は二つある。

・その用語を使うことで、傷ついた本人の回復が遅くなる可能性が高いこと。
・いわゆる「セクハラ」は、今思われているようなものではなく、別のことに近いと思うに至ったこと。

また当人も含め、誰がどんなに気をつけても、誰かが性的に傷つく事態というのはなくなりはしないと思っている。

「セクハラ」は「あってはならないこと」というより、起きる構造をまず知って、「起きたらどう対処するのがいいか」という発想をしたほうがいいように思う。いじめでもそうだが「あってはならないこと」とすると、みんなが硬直し、ひいては社会全体が硬直する。

当事者としての真実

先日わたしは、ある男性アーティストのモデルをしに行った。彼が、休憩時間に「君も見る?」と言って、服を脱ぎ始めた。何を聞かれたのかもわからないまま、彼は全裸でわたしの前に立っていた。その風景がなぜか、すごくショックだった。ショックで固まっていると、引き寄せられて、キスされた。「キスはやめて」とだけ言った。そのあとはモデルをこなした。わたしは案外平静に見えたと思う。

家に帰って数時間して、とつぜん、床に突っ伏してわたしは泣いた。

少し落ち着いて考えた。

異様なことが起きたと思っていた。

しかし考えてみると、むしろよく聞いたことのあることだった。

「モデルに行った人が性被害に遭う」

しかし、よくあるということと、傷つかないことは別だ。傷ついているからこそ、訴訟案件もとても多いのだろう。わたしの神経はまだ細かくふるえ続けていた。

なんで自分はこんなに傷ついているんだろう？　と次に考えた。

「被害」とすれば軽いはずだった。レイプされたわけではない。暴言もない。差し迫った身体への危害も加えられていない。ただ、世界に対する信頼が失われた。それは被害だ。それでも、立証できないだろうとか、男の裸を見たくらいで驚くなとか、キスくらい減るもんじゃなしとか、そんな反応がありそうだ。

昔から「露出狂」という性犯罪カテゴリーはある。見るとショックを受ける人が多くいるので、あるのだろう。

だが、そもそもどうして、あれで世界への信頼がそんなに失われるのか。わたしの世界が安全でなくなったからだ。とつぜん相手が位相を変えると、わたしの世界は安全でなくなる。ものすごく侵入された感じがする。

考えがぐるぐるしはじめた。

そのとき、自分が自分に言ったひとことが、自分を救った。
「なぜ」傷ついたのか、と問わなくていい。

「傷ついた」は「傷ついた」だ。

それでいい、そう言っていい。理由がうまく言えなくていい。これがセクハラの要件を満たすのかと考えなくていい。被害としたら小さなことかもしれなくて、こんなことで傷つくわたしがおかしいんだろうかとか考えなくていい。わたしにも落ち度があったのでは、とか考えなくていい。相手が一〇〇パーセント悪いんじゃないってのもわかってていい。

ただ、言っていい。

「わたしは傷ついた」
「わたしは性的に傷ついた」と。

セクハラだろうがなかろうが、他の何かだろうが、「傷ついた」ことだけはわたしの事実で、それを誰も否定することも奪うこともできない。それが「セクハラ」なのかどうかさえどうでもいい。

わたしは傷ついた。それだけがわたしの真実だ。


自分にそう言った。

自分がほっとした。

その夜の眠りが、やっとやってきた。凍りついたそのときから感覚が麻痺している左腕は、まだ感覚がないままだった。

言葉の落とし穴

ショックを受けたならショックを受けたと、傷ついたなら傷ついたと言うこと。気づいてみれば簡単なことだった。

理由をまず説明できなくたっていい。まずは自分のために、傷ついたと認めればいい。認められれば、それだけで傷はずいぶん軽くなる。ちゃんと認められた人だけが、自分を癒やすことができる。裁判と回復は、まったく別のことだ。

それを言うことに資格も承認も要らない。まずは自分だけに言うことだ。嘘偽りなく。

自分が過敏なだけじゃないかとか、弱いだけじゃないかと言う人がよくいるが、あなたが過敏だろうとメンタルが弱かろうと、それは関係ないし、恥じる必要もないことだ。自分の感情と感覚だけは自分のものだ。そのことにかけて、ただ傷ついたと言っていい。

このやり方なら、男性も使える。当然ながら、女性から男性、女性から女性、男性から男性への「セクハラ」もあり、男性も傷つく。

友人の三十代男性がこういう話をしてくれた。初対面の女性に、諸条件から「落とし」にかかられたのか、いきなり内腿を撫で回された。後に検索してみたら、どうやらそういう「落とし」のテクニックが女性の一部で流布しているらしい。彼はその場では驚いて、とっさに何も言えなかったが、嫌な気落ちになりそそくさと辞去したという。

これを「セクハラです」とその場で言うことはむずかしい。特に男性から女性に言うのはむずかしい。でも「いきなりそこをさわられてびっくりしました」と言うことは、自分の真実としてできる。

まずはそこになんのラベルもつけないこと。わたしにとって「セクハラ」という言葉で発想することには、単純な落とし穴があった。これに気がつかなかったら、わたしの回復はもっと時間がかかったはずだ。

「セクハラ」という語は、訴訟用語だ。このために、言うほうも言われるほうも、防衛をする。

言われるほうが防衛するのはともかく、言うほうも防衛するとはどういうことか？「自分の落ち度をとられないように」と発想するからである。自分は訴える資格を備えているかと発想するからである。

裁判としてはそれでよいかもしれない。落ち度が認められたら、裁判では負けかねないのだから。だが、自分の回復となったときに、「落ち度がないように」という発想は、真実を隠すか歪めることがある。少し改変された事実は、当人からも真実を隠してしまうから。

これは「当人にも非がある」ということではない。

まずは自分のために、起こったことを受け止めて、自分が傷ついたと認めることが大事なのだ。それをするためには、「セクハラ」という語が落とし穴になるかもしれないのだ。

傷ついた人はまず、傷からの回復をしたいのだ。

自分の記憶や感情の中でさえ防衛をしてしまうと、何が起きたかのかたちが微妙にでも変わる。そうすると、本当に必要な助けを求めにくくなる。

助けを求める、ベース自体のかたちが変わっているからだ。

まずは、自分に対してだけは「自分に落ち度はない」という防衛をはずしていい。

そして仮に「落ち度」とやらがあったとしても、そのことがあなたの尊厳をなんら損なうものでもない。また、それが「不利」になるとされている枠組みのほうが、実はおかしい。

隠されていること

報道される、いわゆる「セクハラ事件」を見ていて、不思議に思うことがある。訴追する人の相手への感情が、まったくわからないところだ。

どのケースも、「大嫌いで卑劣な相手から、なんの落ち度もないのに辱めを受けた」という構えになっている。要約が過ぎるのか、こちらはひとかけらの好意も持てないような卑劣な相手から一方的に侵入や攻撃を受けたことになっている。もちろんそういうケースもあるにはあるだろう。

だけど、その人に対する原告の感情は、最初からずっとそうだったのか？と思う。

人と人との傷は、好意がベースになっていた場合のほうが深くなる。距離が近くなるし、関係が深いからだ。多くの「セクハラ」には、最初は双方に友好的なところもあったのではないか、とわたしは思う。

けれど、たとえ最初は基本的な好意があったのだとしても、そのことは隠されるだろう。なぜなら訴訟では「不利になる」からだ。だから原告が被告を最初は好きだった、ということがあったとしても、それは隠される。

訴訟としてはそれでいいかもしれないが、本人がそう思い込むことには、心理的なダメージがある。記憶の改竄が起きてしまう。

自分のケースを振り返ってみると、相手とは最初は友好的だった。だから至近距離でパーソナルなモデルなどができる。自分のケースがすべてとは言わないが、多くの場合、最初は友好的、あるいは金銭などのメリットがあるなどのベースで、相手と関わっていた可能性は高いのではと思う。

「だから落ち度がある」という話ではない。それはあくまで「セクハラ訴訟に不利になる／有利になる」という枠組みでの考え方だ。

「有利不利」という考えが発生してくる、セクハラ議論の枠組み自体がちがうのではないか、と言いたいのだ。

わたしの知り合いの男性大学教員が、女子学生に対するセクハラで訴えられるということが現実にあった。

わたしはその男性が友人として好きだったので、びっくりして、少しショックだったのを覚えている。そのうち別の共通の友人から「あれは恋愛だったのだ」と聞いた。恋愛ならわかる、と思った。またしばらくして、相手の女子学生の親しい友人でもある別の友人から「別れるなら単位をやらない」と先生が言ったとか言わなかったとかいう話を聞いた。脅したということ。

この中のどれが真実か、ということをわたしはぜんぜん問題にしていない。当人たちにしかわからない。ただ、このケースはヒントになる。

思うのだが、セクハラの多くは、途中まで恋愛的だ。だから悪いと言っていない。ただ、この事実は隠されるだろう。訴える人にとって不利とされる。しかし、もし恋愛関係にあったなら、セクハラ訴訟に不利、というのはまったく的外れなことだと思う。

それこそが、あらためられなければいけないところではないか。

恋愛や、それに類似した至近距離だからこそ、パワーの行使は効果的だったのだから。

だとしたら……。

セクハラとはDVである

不意に洞察がやってきた。

セクハラは、「DV（身内への暴力）」と同じくくりでとらえられなければならないのではないか？

そうでなければ、至近距離の暴力を、捉えることはできないのではないか。

こう捉え直してみないと、「セクハラ」議論は、いつまで経ってもどこへも行き着けない。そんな気がしている。

そのうえで、こういう合意が社会にあるべきだ。

「いかに恋愛関係にあろうと、他人にしてはならないことがあること。そこで立場や職権、あるいは身体的・社会的な力を乱用してはいけないこと」

DVと同じ基準が適用されない限りは、何が起きたかの真実が明らかにならない。恋愛においてもしてはいけないことがあるのだ。

ここで、先に述べたことと重なってくる。

今のセクハラ議論は、誰をも防衛させてしまう。そしてそれをとりまく社会を含め、誰にも真実がわからない。もしかしたら訴えた本人にも。

考えれば考えるほど、セクハラはＤＶと似ているのだ。

セクハラは愛着した相手にしかしないし、それが起きるのはおそらく、どこかでその人を「所有するような感覚」がある場合だけだ。たとえば雇用関係で人を所有物のように思う、などがこれに当たる。それは「身内感覚」と同じである。つまり「ドメスティック」である。

「身内」と見なした者にだけ向ける暴力や恫喝というものがある。それをＤＶと言う。ＤＶは婚姻やパートナーシップの有無とは、まったく関係がない。誰かを「自分の持ち物」「身内（自分の身のうち）」のように見なすことと、その人との法的関係とはなんの関係もない。

社会運動のサイトでこういう呼びかけを見た。

「タイに来る日本人の男性が、タイ人女性を性の対象と見て、すれ違うなり『いくら？』と聞いたり、月十万円で愛人契約をしようとしたりする。それはタイ人女性の尊厳を傷つけるので抗議しましょう」

それをする男性は、経済格差や外貨レートで上位にあると思っており、金銭で女性を「所有できる」と思っている。たいへん小さなレベルでの『愛人 ラマン』みたいなもので、もっと言えばそれの愛抜き。しかし征服欲を満足させることも、性愛とよく似た気持ちではある。

「セクハラ」と呼ばれるものは、相手を選ばずできるものではない。本人の中ではちゃんと選んでいる。所有感覚を持てるか、下に見ることができるかだ。セクハラ、パワハラ、ＤＶをする人が、別のところでは権威にペコペコすることはよく見られる。タイ人女性にすれ違いざまに「いくら？」と聞く同じ人が、ニューヨークのフィフス・アヴェニューで道行く白人女性に同じことをするかと言ったら、しない。所有感覚によって権力を濫用できるのは、やはりＤＶと同じ構造なのだと思う。

そしてそれを言うなら、子どもへの虐待もＤＶなのである。ドメスティック・ヴァイオレンス。身内の暴力。

二つの極の可能性

好意や愛が反転したときが、いちばん人が傷つく。

愛をどのように持ち、持ち続けられるかは、人の一生のしあわせにかかわる。

愛と性はずいぶんちがう。にもかかわらず、とても混同されてとらえられるし、じっさい、重なり合う部分も多い。このことがまた愛をむずかしくしている。

人はひとりひとりちがうし、そこに性別という究極の不均衡のファクターもある。が、わかりあえる。その方法はある。わたしはそう信じている。そのやり方をこの本の中で模索しているし、その信念を持って、わたしはこの本にかかわるすべてを考え、想像し、書いてきた。大げさではなく「人類のためのこと」を書くという気持ちを持ってきた。

「人類」とは、男も女も、どちらもだ。

人類とは、女と男から生まれた、女か男かでできた生物の集団だ。のちにジェンダーということを考え出すにしても、誰もが女と男から、性別の特徴を持った者として生まれる。ジェンダーという考えは尊重するが、身体の特徴が、感じ方や精神構造におよぼす影響を、決して過小評価はできない。心とは多くが、外界をどう感じるかのインプットでできるのだから。

まるでちがう身体を持った、反対の性の人のリアリティは、そうでない者には想像することさえむずかしい。

これは女が男を鈍感だと言うときに使われやすいが、逆もまた真である。仮に男が本当に「感じにくい」のだとして、「感じにくい」者のリアリティを、「感じやすい」ほうは想像すらできない。あまりにちがうものに対する想像力を持てていないという意味では、どちらも同じだ。

そしてわたしが女と男の話をするとき、わたしは多様性の議論を少しも除外しない。むしろ多様性に開かれるために、最初で最後に、女と男の話が必要だと思ってきた。

いちばんちがいが大きいにもかかわらず、いちばん安易に出会えてもしまう、女と男。そのふたつの極を考えることで、その間にあるありとあらゆる可能性、ありとあらゆる自由、多様性を見つけていきたい。

生まれ落ちた条件の中から、自分の人生は、ひとつひとつ細かく、自分で選んでとっていくしか、人がしあわせになる方法はない。

第四章　愛の不在、性の不在

最初で最後に母がいる

わたしがこれを書いている、約一年前。

二〇一九年一〇月の終わりに、母が死んだ。その死の間際の一週間のことを今になって思い出している。

あまりにと言えるほどいろいろなことがあった、最初で最後にこの人なのかと、静かな感慨を感じている。

母。

愛と性と存在のはなしに、なぜ母が出てくるか。そのことはかなりプロセスするまで、わたしにもわからなかった。わたしは恋愛やパートナーシップで悩んだり、セックスレスになったり、それでも関係を守りたくて浮気をしたり、死にたくなったりするのだと思っていた。

その原因が母だ、というのではない。

その、最初で最後に母がいるのである。このふたつはかなりちがう。ちがって、似ている。

そしてこれは誰でも、そうだと思う。

最初で最後に、母がいること。
……おかあさん。

母の終焉の地である病院は、武蔵野の小さな森の中にあった。大きな医療グループの病院だったが、思い出すのは、箱庭のようにこんもりした森の中に静かに佇む函型《はこがた》の姿だ。

武蔵野とは、今で言う自治体区分ではなく、たとえば国木田独歩が『武蔵野』と言った武蔵野だ。江戸はおろか明治にも原野だっただろう雑木林。武蔵野はかなり広い、森と川の台地だ。

東京を西へ行くと山地になる。その山地の裾野から、広域のゆるい勾配を利用して、東へとまっすぐ水を運んでいた、その地下水路の流域にわたしは住んでいた。わたしが生まれ育った土地も、そこを出ざるをえなくなってやむなく原家族で引っ越した土地も、母が亡くなった病院も全部、広域の武蔵野にあった。

武蔵野の森は、少し湿って暗く感じる。東京でも他の地域に行くと、木の感じがちがうと思う。わたしを育てた森は、少し暗い。血のように。性の昏《くら》さのように。

人は、死んでみると、辻褄が合っている。

死の前日までに、母を通じてのわたしのプロセスは、ぴったり終わったのである。

これから生きていける気がする。

わたしがそう思った翌朝早くに、母は亡くなった。

わたしの告白

母が死ぬ間近の毎日は、一日が三幕構成になっていて、母のところへ行くのは第三幕だった。

午後遅くに西へ向かう電車に乗ると、沈む太陽を追いかけることになる。夕日とともに病院へ着く。秋ならなおさら、影は濃い。

母はもう口をきかなかった。わたしのことがわかっているのか、いや、見えて認識しているのかもわからなかった。ついたまま謝れなかった嘘も、もう謝れない。そんな時期は越したのだ。

ベッドサイドで水を替えるとか、取るに足らないことごとをしていたわたしが、不意に、何かのスポットに入った気がした。電波スポットに入る、そんな感じである。

わたしから告白が、こんこんと湧いた。

「あなたを守る息子として生まれてくるはずだった。
他の兄弟より僕がうまくできたのに。
息子としてあなたに愛されたかった。
ああママ、ごめんなさい。
ごめんなさいごめんなさいごめんなさい」

何をどうして謝っているのかわからないまま、わたしはごめんなさいと言い続け、涙を流し続けた。告白と同じに、涙はこんこんと溢れ続けた。

自分の告白を自分で聞く。意外に聞きながら、同時にどこかで、この自分を知っていた。知らないように生きられたならいいと、人に知られたなら自分は死んでしまう、と思っていた自分だった。知らずに、穏やかな現実に収まれたら。そう思っていたのだった。できれば普通のヘテロに収まりたかったのだ。

なぜ、口走る言葉が「ごめんなさい」なのか、今ならわかる気がする。何が、なのかは一言で言えない。

生きづらさのベースにあった感情の、表現としてのバリエーションなのだ。

わたしは長い間、何か悩みにとらわれているとき「ゆるして」と、口走っていることがあった。誰にともしれず「ゆるして、ゆるして、ゆるして」と。ひとりごとだ。自分が乞うて、自分が聞いている。誰に言っているのかわからない。しかしいつも「ゆるして」なのだ。

罪悪感なのだ。その表れ。「ごめんなさい」も「ゆるして」も両方。

ほとんどありとあらゆるバリエーションの悩みの、根っこにこの感情がある。罪悪感。そして自分への無価値感。

自分という存在に罪悪感を抱き、それで自己肯定感が地の底より低い。

それをプロセスしようとして、人はなんでもやる。わたしもなんでもやった。時にかなりの危険でもおかす。そのときのプロセス表現として、性のカテゴリーを選ぶことがある。というか、そのパターンはすごく多いと思う。自分を見ても他人を見ても、そう。

逆に言うと、性の悩みに見えることの多くは、いわゆるセクシュアリティより別の起源を持っている。

そしてそのプロセスが破壊的であったりしても、生きようとしてすることだ。

どんなに自分を傷つけるとしても、自分を許したくてすることだ。

人は、何をしてでも自分を愛せるようになりたい。そんな生き物なのだと思う。

そのことに、今はいつくしみを感じる。

性同一性障害

わたしが性同一性障害だった、と言っているのではない。

いや。

そうなのだ。

わたしが性同一性障害だったのだ。

そうでないなら、性同一性障害の定義のほうが間違っている。

性同一性障害の定義が荒っぽすぎる。

荒っぽすぎて、ほとんどの人の悩みに、本当の解決がもたらされることを阻害している。

おそらくは、それがドンピシャの悩みだと今現在思っている人たちからも。そして、人類がまだ見たことがない、新しい悩みもつくり出している。人類はまだ、ホルモンと外形レベルで性別を変えるという実験を、近年までしたことがないのだ。それが人の心に何をもたらすのか、その結果までを追跡した研究はまだないのだ。

最初で最後の問題は、心である。

身体を変えて本当に変わるか、もっと言えば本当にしあわせになれるか、それはまだわかっていない。

身体を変えても心は全とっかえにはならない。だとしたら、少しちがう心で、新しく生まれた問題を悩むのにちがいなかろう。

性同一性障害は、ほとんど自然状態で存在する。

自分の生まれついた性に、一〇〇パーセントくつろげる人はいない。

どこがどうずれているのか、そのかたちを可能な限り精密に知ることが、人が生きていく必須の知恵となるだろう。

そしてそれは「治療」ではない。

「生き方」だ。

どう生き、何を選択したらいいか、どうしたらしあわせになれるか。
この本は、そのために書かれている。

＊

母が死んだ頃は、それは終わりでなく始まりだったと、気づかずにいた。
ゆるしはまだ訪れなかった。
なんのことはない、自分が自分を許さないのだ。
誰でも、最後に自分を許さないのは、自分だ。

そしてわたしはまた、同じ悩みと苦しみを、薄く伸ばした日常に、帰った。
そういう日常というのは、いつか飽和するのである。

わたしが最終的な探求《クエスト》をするまで。
わたしがそうしないというのなら、どうしてもそうなる巡り合わせが用意される。

あなたの最も深い苦悩について

「お題は……そうですね。『あなたの最も深い苦悩について』、お互いに話しましょうか」

異国で満月の下、そういう話になったとき、かなりびっくりした。迂闊にも自分がこれを問われるとは思っていなかった。

それを言ったのは、たぶん六十か六十半ばくらいの、まじめそうな、背の高い、感じの良いインド人男性だった。インド人と一口に言っても、多民族国家というか、本当に膚《はだ》のトーンから体つきや体毛の濃さに至るまで、かなりちがうのだけはわかった。カフェオレ色くらいから青いほどの黒さまで、背の高さもいろいろ、顔も前面が広い人から奥行きのほうが横幅よりありそうな人まで。

わたしは初めてインドに来た。母が死んで四ヶ月くらいの頃。

新型コロナウイルスの感染拡大防止に、インドを含め世界中の多くの都市がロックダウンするほんの少し前。インドの春。ほんの少しタイミングがずれても、渡航できなかったか、行ったきりかなり長い間帰れなかったというタイミングだった。わたしはそれまで、インドを無意識に避けていた気がする。何かがこわかった。父がインド人とのビジネスに失敗したからかもしれない。

知り合った男の人はやさしくて、アメリカで教育の一部を受けたわたしからすると、かわいい英語をしゃべった。これがインド英語というやつなのか。わたしには、舌足らずの幼児語のようでかわいく響いた。アイ・ワジュ（I was）とか、ショックス（socks＝靴下）とか。ただ、内容は高度で教育の高さを感じさせたし、単語のはしばしがイギリス的だった。parcel（郵便小包）とか、do you not?（アメリカ英語で言うdon't you?）とか。アメリカ英語に慣れていると、ちょっと古語っぽく聞こえて由緒正しい感じ。そうでしたね。長く、イギリスの植民地支配を受けたのでした、あなたの国は。わたしの国は事実上アメリカの植民地ではないかと思うのですけど、形式上、植民地支配を受けたことはないことになっています。でもどうなんでしょうか。あからさまな植民地と、否認もできる植民地。どっちがいいんでしょう……。そんなことを聞いてみたくなる。

「インクワイアリー」という、瞑想者がする手法があって、夜に屋上のテラスでいろいろ話していたら、それをやってみようということになった。

インクワイアリーとは、問題に別の見方をもたらすことを意図した問いかけである。決まりは、一人が言うときは他の人は聞くだけ。ペアのときも、三人以上のときも。瞑想を助ける手法として使われることがある。わたしたちは瞑想をしに世界各地からその地に集まった仲間だった。

テラスからは、隣接する土地が見える。そこは広い市場で、何日も、昼から夜遅くまでシヴァの祭りを繰り広げている。シヴァの祭りは、シヴァの結婚祝いである。世界広しと言えど、結婚記念日が記念日という神や聖人はシヴァだけだという。それは幸せな結婚というのがそれほどにもまれだから、という話だ。

市場の敷地では、移動式遊園地が開かれ、朝から夜遅くまでＤＪがしゃべり、観覧車が観覧車とは言えない高速で回り、ＤＪはそれをあおり、運転手は自分のノリで機器を動かしている。チープな絶叫マシンはチープなつくりであるがゆえに本当に怖くて絶叫が絶えず、特に船を模したジャイアントスイングは怖いことまちがいなし。色とりどりのテントの下では、ハロゲンライトが眩しく焚かれ、スパイスから安アクセサリーから駄菓子から布からビンディの顔料から、いかにもインドというカラフルさで商人たちが客を引く。そろそろ人出も引いてきて、そこここで焚き火をしている。煙が細く立ち上って、何かなつかしい匂いがする。たまに流れ星が見える。

わたしが「あなたの最も深い苦悩について」という問いにびっくりしたのは、わたしがその直前に、創作科の学生にこんな課題をさせていたからだった。

「あなたの秘密を書いてみてください。嘘でもいいです。創作でもいいです」

わたしがこんな課題を学生に出したのは、なんのことはない。わたしが、自分の秘密をどうしても書けずにいたからだった。そうすることによって、誰にとっても表現において最も厄介な障害であろう心理的ブロックを、はずすことを目的としていた。

そう、最後まで自分を許せないのは、自分である。

最後まで自分に許可を出せないのは、自分である。

システムが個人に優先すること

まず、相手が話し始めた。

彼の、最も深い苦悩について。

「愛がない。おそれがある。愛がない。安全を感じられない」

急にあたりが静かになった気がした。その人をまじまじと見た。焦った。ここまで相手が正直になってくれると、思わなかった。これはわたしも正直にならなければならないことを意味した。

インド人を正面からちゃんと見るのは初めてだった。

実はステレオタイプでしか、見たことがなかった。カオスの国の人。商売上手な民族。ゼロを発見した人たち。神秘主義と現実主義のあまりのギャップ。長く植民地を経験した人たち。

でもその目を、見たりしたことがなかった。実を言えばいいイメージを持ったことがなかった。わたしを騙すのではないかとか。しかし、いや、日本人の目だって、こんなに見たことはないくらいに、彼の目を見た。わたしは誰の目も、こんなにちゃんと見たことはないかもしれない。でも、人の目を見なければならないのはこういうときなのだ。

「自分の家族が嫌い。このインドの社会が嫌い。ここはあまりにシステマティックな社会で、結婚は取り決められ、妻と夫は、その前に一度も会ったことがない。愛はない。どうやって愛が起こる？　今でも事情はあまり変わらない」

ああそうか、「システマティック」とは、こういうときに使う言葉だったのか!!

わたしは電撃をくらったように驚き、彼の言語選択センスに感心した。

システムが、個人に優先すること。インド社会は混沌と言われるが、実はシステマティックなのだ。コアはシステマティックに動いている。宇宙論のように。

そしてわかる。いろんなことが、いっぺんに。

わたしの国が直面している問題についても。自分が直面してきた問題についても。

「セックスはある。それはただのセックスだ、愛はない。セックスは子どもをもたらすが、ただ、セックスだ。愛はない。おそれがある」

ああ、ある共同体が、全体として人口を増やすか保つかするには、こういう「人材の有効活用」が必要なのだ！

そこにいる生殖可能な人員を、無駄なく余さず使うのだ。だって自由意志にまかせたら、恋愛は起こるとは限らないし、カップリングには不確定要素が多すぎて効率が悪すぎる。自由恋愛に任せたら、人口は減る。あたりまえのことだ。日本政府の人に教えてあげたい。

そして私の国、日本は、システマティックなように見えるしそう言われているけれど、実は、個人はあまりに自由なのだ。そして、彼の言うことと、婚活マッチングサービスは、基本的には変わらない。条件同士を出会わせること。そこに愛が生まれるかなんかは知らない。自由すぎて、選ぶ項目が人生に多すぎるのだ。進学、職業選択、恋愛、誰とセックスするか、誰となら家族になってもいいか。すべて個人の責任だ。家の責任でさえありはしない。

そして家族になったとして、愛はあるか。そんなことはわからない。愛はこの社会の優先事項のいちばんにはない。愛も性も。愛と性によって、少なくとも性によって、どの人間も生まれてきたというのに、それを丹念にひもとくことは、最優先にはされていない。

「わたしの父親は、わたしに指の一本も、ふれたことがなかった。死の床にあるときそれを告げると、驚いていた。それはどんな狂った男なんだ？」

彼は言った。

わたしは目の前にいる人の痛みを思った。

経済的に成功しているであろう、きちんとした人。高い教育を受けたとわかる人。たくさんの家族に囲まれた人。そのひとの、まったき孤独。

わかるよ、と、一ミリだけ、わたしはうなずく。

インクワイアリーでは相槌も禁じられている。それでも睫毛《まつげ》で、一ミリだけ。


わかるよ。


その、砂を噛むような不毛。つらかったろうね。いったいどうやって耐えてこられたのか。何十年も。国じゅうがそんななら、その社会がどうなってしまうのか。どうしてうまくいっているように見えるのか。

きょうび、自分の国でこういう話をついぞ聞かなくなった。

鮮やかな対比

その人をよく見た。インド人ではなく、その人を、よく見た。

淡めの褐色のやわらかそうな膚。ああいう褐色の膚に包まれるとはどんな感触なのだろう。気持ちよさそうに感じた。上等ななめし革のようで。陽や風や水を、十分に浴びてのびのびとして。草の匂いがしそうで。

それとも、わたしが白くて少し黄色いこの肌に包まれていることに特別の感覚がないように、その膚にくるまれていることに感覚はないのだろうか。あるいは、その色のために差別された記憶があり、嫌いだろうか。あの膚はどう息をするのだろう。どう乾燥を知り、どう雨の予兆を知るのだろう。ぞくっとするとき産毛が立つ、あの感覚は一緒なのだろうか。

葉巻煙草のような指。色も、かたちもちょうどそんなふう。こんがり焼けたお菓子のようでもある。手にとってみたい。それが動くのを見ている。はじめて見る知らない生物のように、それにさわっても大丈夫かと思いながら。さわってみたいと思いながら。あの指は何にさわってきたのだろうと思う。どうさわるのだろうと思う。

瞳を見ている。密度の濃い、黒い瞳。

不意に、「同じ人間なんだ」という認識にわたしは打たれた。

人種や文化を超えて、同じ、人間。性別も、人種も、膚の色も言語も超えて。あるいは、そのすべての下に。

同じ苦しみや悩みを持っている。

条件は対極に見えて、同じ苦しみ悩みを持っている。

「人種がちがっても同じ人間なんだ」ということは、よく言われる。自分とて、そうは言うけれども、本当はただきれいごとを言っていると、わかっていた。わたしは外国人がこわかった。ちがう色の膚に包まれ、ちがう風土で育ってちがう言語で考え、話し、書く存在が理解できず、こわくて、生理的にこわくて、わかりあえるなどと思っていない。自分も決して心を開いたりしない。そして心を開かなかったことを文化のせいにする。心を開いたら利用されるのではないかとどこかで思っている。

心を開かないための知識が与えられる。たとえばアメリカでは、交通事故が起きたとき「アイム・ソーリー」と言ってはならない、あなたは非を認めたことになるから裁判で不利になります、と習う。そんなちょっとのことですら、つけ込まれるのだと習う。あるいは、宗教と政治はおいそれと話題にしてはいけません、などと。

異文化を生きる、ちょっとしたヒント。ヒントであふれかえっているけれど、本質はなにもない。それはすべて「分離」を基本にしている。踏み込まないこと、踏み込まれないこと。入らないこと、入られないこと。異文化で生きていく知恵とは、要はあなたが不利にならないちょっとしたヒントで満ち満ちて、いかに相手の優位に立てるかに基づいていて、誰も心を開く方法を教えてはくれない。どうやって愛を持てるかを教えてはくれない。誰も愛を教えてくれない。愛の方法は、どこにもない。自文化の中にだってない。

そしてそこにあるのはおそれだ。どこにあるのもおそれだ。他のなにものでもありはしない。そしてこれは多かれ少なかれ、多くの人にある反応だと思う。でなければ、世界中にこんなに殺し合いがあるわけがない。わたしたちは本音と建前が分離して、ならば嫌悪であれ、本音と建前が一致しているほうがまだマシではないかと思える。

よじれている人は、動機において嘘をつくからだ。それは人間のしうる最悪のことだ。その感情に関して嘘をつき、嘘をついたこと自体を否認するからだ。

それが、わたしの国に起きたことだとわたしは思っているのだけれど。でなければ、唯一の被爆国がなぜ、原発大国になれただろうか。

人のつく嘘は、限りがない。嘘をベースにするとすべてがよじれる。でも今は、そんなことはどうでもいい。社会のことはどうでもいい。
わたしは、どうするのか。
心を開くのか。

聞きながら、人の偶然と必然について、遠い頭で考えている。目の前にあるのは、鮮やかな対比であるように思われたから。この人はわたしの鏡像、つまりは、真反対の像に思えた。

そして真反対は、同じ質の苦悩なのだ。
愛と、性と、そして存在のこと。

誰も愛とセックスを教えてくれない

若い人間が、自明のようにセックスするのは、文化的か宗教的な決まりでもなければむずかしい。
セックスって、本来そんなに簡単なことじゃない。愛を育むことも。

対極の文化コードで生きる人を見て、はじめてそのことがわかった。

わたしの国は、そのどちらも失ったか、手放した。文化規範、宗教規範。自分や自分の国に起きていることを、初めてよく理解した。

もちろん、そんなものに縛られたくはないと誰でもが思っている。

でも、愛がないことにおいて、それらは同じなのだ。

わたしたちは愛について習わなさすぎた。性についても。いわんや、その相関について。すぐに時代遅れになる技術やヒントについてばかり習った。

若い人間のみで考えて、自力で愛とセックスを育てるのは至難のわざだ。

大人が管理したほうがいいと言っているのではない。大人は、愛を教えないといけない存在なのだ。

とてもうまく自分をコントロールできて、ほしいものがはっきりわかっている人だけが、現状ではこの社会を生きていける。

自分の中に性の違和などがあったら、もうむずかしい。

しかしすべての人に多かれ少なかれ、性の違和はある。大切なのは、それとどうつきあうかだ。

でもセックスって、そんなに簡単にできるもの？　それができるのって、自明？

ある人と、わたしの場合、異性とまったく知らなかった人の前で、あるとき至近距離で裸になる。

それってかなりの非日常だよ。

ありふれた狂気

さあ、わたしのことを話さなければならない。

わたし自身の最も深い苦悩について。

わたしの苦悩と、そのいちばんの核に隠された可能性について。

依存症者が出る自助ミーティングのことを聞いたことがある。それを思い出していた。

ルールは言いっぱなし、聞きっぱなしだ。

これは、そういう場と似ていた。

打ち明ける場。人生のある地点で、存在をかけて。生きるために。

聞かれる場。なんのジャッジもなく。

わたしは、淡々と語られる狂気を聞く。なぜ耐えてこられたのかと思う。目の前のやわらかな男の人。自分のことを石だと言った。たしかに表情は硬いのだが、やわらかな褐色の膚に包まれて、静かな目をしている。なぜ魂がやわらかなままに保たれたのかわからない。それを思うと、胸が詰まって、苦しくて、いとしい。

ありふれた狂気。こんな。

「この国では、結婚は親が決める。

たしかに独身は心もとなくて、家族につながりを持ちたいとは思うけれど、結婚するのは知らない女性。愛がない。二人の若い男女が一緒にいれば愛が生まれるだろうというのは希望だけれど、間違ってる。セックスはあるけれど、ただのセックス。さいわい自分は、若い頃に大きな仕事に抜擢されて、安定した収入を得ることができた。それで自分の家族と、七人のきょうだいと、従兄弟とかの親族を養った。わたしが長男だからそうする。

生まれた位置がすべて。宗教的運命観の構造。すみずみに浸透している。それに乗れれば、システムに運ばれて動くだろう。さいわいうまく回った。物質的に何の不足もなくなった。

けれども、愛がなかった。わたしは瞑想と出会うまで、誰とも人間関係を築けたと感じていなかった。特に女性とは。女性におそれがある。

わたしはわたしの愛を、誰とも分かち合うことができない。わたしには、こんなにたくさんの愛があるのに」


泣きそうで泣かない、静かな漆黒の瞳。それはむしろ、血を流しているように感じられる。

やわらかな膚を切れば流れる血のようにある、愛。

それを誰とも分かち合ったことがない。


聞きながら、浮かびあがってくるたくさんの夜。


ドアを開けて。明かりを落として、服を脱いで。妻の服を一枚一枚、脱がせて。

そうするものだから、する営み。期待されているからする営み。何に？　この女にか、あるいは社会にか。

どちらも本当は好きじゃない。でもがっちり縛り付けられている。そうでなければ生きていけない。一人では生きていけない社会。本当によくできた互助社会。そこから外れるのはアウトカーストくらいリスキーに感じる。こわくてとてもできない。責任を投げ出すこともできない。眠る部屋にも自由はない。裸になっても心は分かち合えなくて、いつも失敗しないことだけを考えている。できれば早く終わってほしい。セックスを気持ちよいとか美しいとか思ったことがない。自分の体が嫌いだ。かたちも機能も。一瞬の放出の、そのときだけのちいさなピーク。あとはひたすら恥ずかしい。身体が恥ずかしい。男であることがみじめだ。罪悪感で消えたい。誰としても、きっと同じ。どのみち、誰を好きになったところで離婚は認められない。決められたことならかえって楽だ。考えなくていい。

興奮はすぐ醒めて、何をしたらいいのかわからない。髪でも撫でればいいのか、わからない。この女性が何をすれば喜ぶのかわからない。わたしを愛しているのかわからない。自分がわからないのに、聞けやしない。

心を開くことができない。話す言葉が続かない。何に興味がある人なのかわからない。ああ、軽妙な話ができたなら。でも興味が一致しない。そもそも自分の興味がよくわからない。家族や親族のためにだけ働いてきた。わたしは成功していて、それでいいと思ってきた。地位や収入や家族で、満足しているふりをしていた。でもこの空虚感はなんだろう。

本当はなにがしたいのだろう。自分のしたいことって、なんだろう？　自分の存在って、なんだろう。わたしは誰だろう。

こんなに生きてきたのに、自分が誰だかわからない。

不意に、聞いているわたしに、ある感覚がやってくる。

同じひとつの水の中にいるような。

この感じを知っている。なつかしい。

存在の源泉に触れているような。

言葉の下にある、存在のようなものに触れていて、いや、その中に、自分たちは浸されていて。

そう、これは母親の傍らで告白した、あのときの感じに似ていた。

だから、わたしはここまで来たのか。

そして安全に、全面的に、おそれず、狂うんだ。

狂った自分をおそれない。

ここでは、大丈夫。

人は物語で死んでしまえる

「あなたは安全に狂う必要があります」

そう言われたのがすべてのはじまりだった。わたしがここにいることの。ある瞑想体系に放りこまれたのだ。

狂ったように感情を出してから、静かにする。それでやっと頭が静かになる。それは、身体性を取り戻す瞑想でもあった。

わたしはさんざん希死念慮を持ってきたが、本当に死にかけたときでも身体は健気で、何があっても生きようとする。死にたいと思っている身体はない。そして、ばかげているのだが、それでもほとぼりがさめると、やはり死にたいという考えからは抜けられなかった。死にたかったし、暴力衝動がすごかった。わたしが失敗したなら、みな破滅してしまえと思っていた。そんなとき、数年前、あるセラピストの紹介からアクティブな瞑想に出逢った。そこで言われたのだ。

「あなたは安全に狂う必要があります」と。
笑えたが、必死だった。わたしはもう狂いかけで、狂っているのは思考なのだが、思考こそは止められない。思考は増殖する。ＳＮＳが炎上しやすかったり人を追いつめたりしやすいのは、それが、純粋な思考だからではないかと思う。身体性ゼロの、純粋思考空間だからではと。「リアルな付き合いでもないのになぜそんなに傷つき、自殺者まで出るのか？」と言う人がいる。リアルでなく、純粋な脳の体験だからこそ、出口がないのだ。

人は、思考で死んでしまえる。思考とはお話だ。自分で自分を縛るお話。
本当に。
気が狂うとはそういうことだ。
自分でつくったお話にがんじがらめになる。
しかしそれは、自分でつくったものだろうか。
自分でも知らない遠い昔に、物語の自動生成装置ができてしまった。
しかしそれは、裏を返せば、人は、お話で助かることがある。そういうことだ。
そこに人の希望もある。

が、それには最初の物語を見つけなくてはならない。

物語の源をつきとめるために、正直でなければならない。自分に嘘をついてはならない。借りてきた話をしてはならない。推奨されている文法にあてはめてはいけない。それでは変容は起きない。たとえば「多様性を認めなければいけない」とか、「ポジティブでいることが大事」とか。

何を言う自由も自分に認める。ごまかさずに、人を恨んでいるなら恨んでいると。殺したいなら殺したいと。まとめる必要もない。

どんな話も聞いてもらえる。安全に。

わたしの苦悩

異国のテラスで、目の前の男を見る。

ああ、

この人は、

なんて、

なんてわたしなんだろう。

鏡に映ったわたし？

そう思うと、微笑めた。

鏡の中に入っている。

彼の中から自分を見るような感覚がやってくる。膚の中を流れるあたたかな血。黒い静かな瞳。その深さあたたかさの中に、自分をおさめる。

自分が発見される。

欠けたピースが埋まるように。

しかし本当は、欠けたものはなにもない。

わたしは話し始める。

それをもうひとりのわたしが聞いている。


「わたしの苦悩は、愛があるけど、セックスがむずかしかったこと」

極と極

「セックスの起こし方がわからなかった。

男女が二人いて好意があれば、セックスは自然に起こるかと思っていた。そうではなかった。セックスはどうやら自然なものではないらしい。そんなこと誰が教えてくれた？　ていうかなぜ？　そうやって増えてきたのに。わたしの社会では、そうなのかしら。わたしたちの社会が、何かをなくしてしまったのかしら。なくしてしまったのは確かなのだけれど、それが何かを言うのはむずかしい。

　平和がいちばんと言われて育った。

　平和は確かにいいことなのだけど、均衡の破り方がわからない。のっぺり平和。男は、暴力を使ってはいけないと教え込まれて育つ。とにかく力を使っちゃいけない。それってやさしい。やさしい男がわたしは好き。一緒にいると、同性が二人いるような感じ。いいんだけど、何か、どこかに掻けないかゆみがある感じがする。仲がいいけれど、愛すべき存在だけれど、セックスが起こらない。無理に起こそうとすると、愛が死んでゆく。

　浮気をしたことが何度かある。セックスがしたかった。必要だった。それでセクシーな気分になれて、帰ってきてもしたい気分になれたら万事丸く収まらない？　要するに当て馬？

　すると、見事に暴力的な男を呼んだ。フィジカルな暴力をふるわれたことはないけれど、言葉の暴力だとか、わたしにはやさしい、どこかの家のＤＶ亭主だとか。

あるときその妻が来た。「彼ＤＶなんです」と、なぜかにこやかにわたしに言う。そうなんだ!? そんな男、どうよ!? と思わずガールズトークしそうになる変な状況。でもここでニコニコしてるあなたが気持ち悪いよ、と妻に心底おもう。その男に心底さめる。したい男は、絶対、人生をともに過ごしたくなんかない人たちだった。わたしには浮気の才能がない。たぶんだけど、女にはだいたいこれがあんまりない。うっかり軸足を移しそうになるのだ。

こりごりして、もう、ひとりとだけセックスすると決める。

一人の男にすべてを求めるのも酷な気もしながら。

セックスのためにセックスをする感じ。あの、砂を噛むような感じ。

だんだん鬱になってゆく。

毎朝起きると一日寝ていたい。

機嫌はほとんどいつも悪い。

そしてすべて破壊したくなる感じがやってくる。

憎みだす。

なぜだかわからない。

わたしは今まで二度、人を死なせてしまうかもしれないと思ったことがある。

一人は殺すかと思った。一人は、壊したら怖いと思った。

ふたりとも、いちばん大事な人だった。

なぜ、いちばん壊したくないものこそを、壊したいの？

なのにそこから離れられないのはなぜ？

そもそも、愛していなければそんなに憎まないのは、なぜ？」

そして言い切れない言葉が内側で渦巻いている。

わたしの生きてきた社会は、あなたの社会のちょうど逆みたいな感じ。

へんな出会いだね。世界でいちばん人口増加している社会の男と、世界でいちばんくらいに人口減少している社会の女。

わたしたちは極と極。

そして大人がいなくなった

わたしの社会のことを話しても、たぶんあなたは理解しない。その特異な壊れ方、特異な苦悩。わたしたちにもわからない。だからわたしは考える。きっと戦争と戦争の経かたが関係している。でもその痕跡は、もうすぐ消えきる。その前に考えの種子を残さなければならない。

あなたの社会が、長い時間をかけてイギリスの支配を排除したのと逆かもしれない。わたしの社会は、アメリカの支配を受け入れた。すすんで受け入れた。世界で最も成功した占領統治だと言われている。支配されている人が植民地だと気づかない植民地って、最強じゃない？　それに抵抗する言葉も消えていき、今はもうほとんどない。

家制度や家族は壊された、旧《ふる》い悪《あ》しき風習として。その後の世界をわたしは生きてきた。もちろん社会的なことだけじゃないんだけど、集合性を強く感じてしまう個人がたまにいる。その悲しみやら痛みやら構造やら何やかや。

それこそが、個人の資質なのかもしれないけど。

わたしたちの昔の社会は、戦争が終わって、占領軍のアメリカに解体された。人々がそれを望んだのだろう。歓迎した。みんな本当はしたくなかったんだ、愛のない結婚を。戦争の前までは、あなたの社会みたいだった。人々はお見合い結婚をし、一度も会ったことのない人と、そういうものだと思って結婚した。

愛がない。

セックスがある。

子どもができて、家が続いてきた。そういう世界だった。安定再生産。

家が絶えることは何より怖いことだと刷り込まれて、それが愛より何より大切だと教えられて、それを信じてきた。それで人々は相互に縛り合って、でも結束は強かった。子どもの数も多かった。

あなたの話を聞いて、父を少し思い出した。

父は一生のうちに正反対の価値観を生きた。長男で、父親が長く不在だった一家の家長代理として十代から生きて、戦争中を生きて、働いて、結婚してから、アメリカのホームドラマのパパみたいになった。あるいはなりたかった。

戦争が終わって、日本の価値観はまるで変わった。

でも、家は古いままだった。わたしの家は、同級生たちの家より少し古い価値観があった。祖父母が同居していたからだし、たぶん父が親族と事業をしていたから。まだ家父長制みたいだった。

わたしの父は一代で事業を成功させて一代で失った人で、それでわたしの原家族には、一家離散っぽいフィーリングがある。

昔、父のところに、こそこそやって来た親族をよく覚えている。要するにお金をせびるか、仕事の斡旋《あっせん》を頼むか。そう、一族で成功した家長のところに、みんなたかりに来る。たかっていいことになっていた。それが家父長制。互助社会。あなたも大変だったろうね。大家族の長男。少しわかる。それで誰も追い返さなかったのだろうね、あなたは。責任感が強いのか、人がいいのか。そういうところ、わたしは嫌いじゃないな。みんなを支えた大きい手。

わたしたちの社会は、そういうものが急激に崩れて、代わるものが「会社《カイシャ》」という脆弱で酷薄なものしかなくなった。だから会社に入れないことが、人格否定にまでなってしまった。

大人がいなくなってしまった。人の一生の選択に介入してくる「大人」がいなくなった。絶対結婚しなさいとか言う大人はいない。当てこすりを言うことはあっても。子どもは自由なようだけど、どうしていいかわからない。

恋という偶発的なものに、賭けなければならない。

それってけっこうたいへんなことではないか。誰とでも起こるわけじゃないから。

仕事も何もかもしながら、全部が等価な選択肢のように開かれている。

進む学校を決め、仕事を決め、夢をかなえようとし、恋愛まで自分でするのはたいへんで、そのどれかや、ぜんぶから降りる、と言う子どもが出てくる。

ぜんぶ、子どもが決めなくてはならない。その過酷さに子どもがつぶれてしまう。どこへも行きたくない、家から出たくない。何年も、何十年も。やがて子どもではなくなる。

そんな人たちはわたしの国の社会問題だ。そんな一人になる可能性があったと、自分のことを思っている。

なんでも自分で決めなくてはならない。

その上セクシュアリティなんて、自分のものなのにコントロールのきかない変数も入ってくる。

どうしたらいい？

もうお手上げな感じ。

そして、誰も愛について教えてくれない。

男になるものがあって、女になるものがある

彼にありがとうと言いたかった。

心を開いて打ち明けてくれたこと。

誰にも言ったことのないわたしの苦悩を聞いてくれた人。

外国人から、「同じ人間」になった初めての人。

感謝と言うには軽い。

言葉はなくて、ただ触れてみた。

言葉はなくて、ただ触れられた。

触れていいですかとも聞かない、どちらも。

わたしたちにはどこか共通の基盤があった。そこにいたら、そっと触れても許されることなんて知っている。

なめらかな頬、指でたどってみる鼻のかたち、鼻の、できたての何かのようなやわらかさ。それで笑ってしまって息を感じる。睫毛を見ている。誰がつくったのか、耳の造形。

まるで耳というものを初めて見る人のようにわたしは見る。指でなぞってみる。続いてい

る首筋、それと肩をつなげる筋肉。肩口と二の腕のライン。

それらすべての、純粋な驚嘆。

ふれられてはじめて立ち上がる自分のかたちがある。

鼓動を聴く。

自分がいる。自分が自分を知る。

そして愛がある。

愛は感情じゃない。

あ、そうなんだ、

愛は感情じゃなかった。

ただ在る。

こういうものか。

愛ってこういうものか。

こうやってセックスもできるんだ。純粋に相手への興味から。称讃から。よかった。

極と極。

女と男というのは、固定でなく、相対性で成り立つものかもしれなかった。

男になるものがあって、女になるものがある。
とつぜんそうなる。好みとも関係なく。
＋《プラス》極になるものがあって、－《マイナス》極になるものがある。
そのとき不思議なことに、わたしは初めて同性愛の体感を理解する。
同性愛とはきっと、同性を異性と感じる感性のことだ。
そうでなければ電気は流れない。
だから、女と男の間にある可能性をまず語りたかったんだ。
そうだ。

第五章　未《いま》だ言葉がない苦しみのための言葉

人類のための問い

映画『ボヘミアン・ラプソディ』の話をもう一度しよう。

ほとんど突然起こったフレディ・マーキュリーの全世界的、全年齢層的な人気から、一つ、確かだと思っていることがある。

みな、自分の愛と性と人生の苦悩を解きたいと思っているが、糸口さえ見いだせなかった、ということだ。

そしてそれは、「マイノリティの問題」などではありはしない。どんなにマイノリティの問題に見えようと。

というよりは、大多数の人々は「マイノリティ」の劇症の痛みにかこつけて、自分の痛みに涙したかった。それが、あの映画の大ヒットの所以《ゆえん》だったという気がしている。

悪いことではない。それどころか、パフォーマーや芸能の機能というのは、昔からそういうものだった。

マジョリティが、自分の問題や、つらさを仮託して、あるいは棚に上げて、つかの間のカタルシスを得る存在。共同体は「まれびと」によってこそ平常に保たれる。

「祭り」の機能はそれで、そこにはシャーマンがいた。神がかる者がいた（現代ではそれ

“WE ARE THE CHAMPIONS”
written by Mercury Frederick

がスーパースターだ。スーパースターが神がかっていないわけがない）。その人は共同体の問題を奇跡的なほどに抽出し、映し出し、代わって行う「まれびと」だ。ついでに言えば、あの映画はライヴエイドという、実在した人類史上最大級の「祭り」が体感、追体験できる仕組みにもなっていた。人気が出ないわけがない。

しかし、そこで人々はまたすぐ日常に戻る。かいま見た自分の痛みにまた蓋をするのは、残念なことだと今は思える。

傷には、光へと至る道筋がある。

ただ、傷は、痛い。傷を見ないことが、いちばん傷を長引かせるのだとしても、痛い。それを避けるためになんでもしてきたはずじゃないかと、心は言う。気を散らすことをなんでもしてきた。お酒でもパチンコでも美食でも異性でも。

しかし時には勇気のある者が存在する。いや、蓋をできないほどの痛みを抱えた者や、蓋をできなくなった者が存在する。

クイーンの名曲「We are the champions」にこんな歌詞がある。

I consider it a challenge before the whole human race, and I ain't gonna lose.

これは人類を前にした挑戦だ、そして俺は負けはしない。

わたしは言ってみたい。
負けてもいいと。
でも挑戦したい。
それを、人類としての挑戦とみなして人生と向き合うこと。
そこに意味が在るような気が、わたしはしている。
そしてその様を見せる。
それがわたしが今していること。
それは、社会を変えないかもしれない。
でも誰かの中に種子として胚胎する。
しないかもしれない。
わたしの夢想だ。
しかしなんて豊かなのだろう。

わたしは失敗してきた。
誰も助けてくれなかったと思っていた。
わたしは苦悩した。
わたしが失敗したならすべての人が失敗すればいいと思っていた。
わたしは大事な人や友や仲間の、苦悩に救われた。
それが、どれだけ豊かだったろう。
傷とは、そこから光が入ってくる場所だ。

「ほとんどすべて《オールモスト・エヴリシング》」という問題

自分の性指向を認め、恋人メアリーに打ち明けてからのフレディ・マーキュリーの展開は一気だ。

幸せからの劇的な破局。劇的におとずれる孤立感。これは輝かしい少年たちの日々との、痛いまでの対比である。劇的な転落、喜劇的なほどの。そしてエイズ罹患。転落からの劇的な復活。四十五歳の死。

本作でのフレディ・マーキュリーの描かれ方は、見ようによってはすべて、自分自身の劇症との出逢いと、愛した者と引き裂かれる暴力性を吸収するプロセスなのだ。

この出逢いの衝撃を、そのときプロセスできていたのなら、フレディ・マーキュリーは愛していた女メアリー・オースティンとそこまで暴力的な破局を体験しなくて済み、自暴自棄に陥って自分を傷つけることもなかったのではないかとわたしには思える。

「あなたはわたしに何を望むの？」

というメアリーの問いに関するフレディの答えが、わたしに刺さった。

“Almost everything.”
ほとんどすべて。

それだ。

それで悩んできた。わたしは。

ほとんどすべて。なんと残酷なんだろう。

ほとんどすべてだけれど、ほんの少しだけ欠けていて、それが決定的なものである。

こういうずれが、いちばんつらくないだろうか。

そして往々にそれとは、性がらみなのである。

しかしそこに本当に、道はないのか？

思いもしなかった道があるのではないだろうか？　人間の愛と性と存在の織りなす人生には。

それを探したい。

わたしのこの問いは、願いに近い。祈りに近い。

これをわたしは、同性愛者と異性愛者のすれ違いととらえない。

人類すべての問題ととらえてみる。

仮に異性愛者と異性愛者であったとして、こういう問題はないのか。同性愛者と同性愛者には、こういう問題はないのか。

あるだろう。それも日常的に。

簡単なようでいて、人類がいまだに解けていない問題だ。

愛する対象と性的に欲する対象がずれることは、よくある。微妙だったりあからさまだったりしながら。

そんなときどうするのか。でもそんなときは、しょっちゅうある。性と愛は、ずいぶんちがうものでありながら、混同され、また混同が心地よくて人はみずから混同してなだれ込んでいったりもする。ずいぶんちがうものでありながら、あるときひとつになることもある。人はそのつど喜んだり悩んだりして、ようするに振り回されている。人知れず悩んで八つ当たりしたり、不用意に何かを言って致命的な傷のつけあいになったりする。

しかしその気持ちを、大事な人と虚心坦懐に出し合うということはめったにない。愛していても、めったにない。

もしかすると私たちは、それで相手や他人の、思いがけない美しさに出会いそこねているかもしれない。

これはすべての人の、人生の選択なのだ。

そしてすべての人は、モザイク状にできていて、男であり女である。比喩でなく、多様性のお題目でもなく。

細かく、いろいろなことがずれている。

そのモザイクのピースが、女と男、どちらかに生まれたボディと適合したりしなかったりする。

すべての人は、性同一性障害を持つ。

ずれたピースが小さいからと言って、それが決定的でないということはない。どこがつらいのか。どこが受け入れがたい自分か。どこが他人と折り合えないと思っているか。自分で知るしか、自分の人生の舵を取る方法がないように思える。

意識的に選択するか。

無意識に振り回されるか。

これからは意識的に選択して生きるしか、満足して生きていく方法はないのではないかと思える。

そして、迫害こそされない異性愛者ではあるが、異性愛者のほうが、性につきまとう選択をこまかく突きつけられる機会は、実は多い。異性愛者は一回のセックスごとに常に考えなければならない。ここで子どもができていいのか嫌なのか、この人の子どもならいいのか嫌なのか、欲望を感じたこの人と「両親」となれるか、子どもさえできればパートナーなどいらないか、逆にパートナーシップが大事で子どもは二次的か。などなど。

これは同性愛者も同じように考えることのできる問題である。が、同性愛者の場合には、きわめて意思的に考えて能動的に手を打たなければならないといううちがいがある。事故で子どもができたりしないからだ。

フレディ・マーキュリーとメアリー・オースティンが残した問い。これを、同性愛者と異性愛者の溝と考えてみないで、繊細に、すべての人の問題としてみてみたい。それは同性愛の問題というよりは、「愛と性とのずれ」だったのだから。

好きな人と、欲望の対象がちがうということ。誰にでもあり、わたしにもあった。『愛人 ラマン』にあったのもそれだった。

しかし、ここでふと不思議に思う。わたしたちはもう人が異性愛者であることを自明とはしなくなった。にもかかわらず、異性愛よりずっと新しい人工概念であるはずの「パートナーシップとは一対のペアのもの」という信念の中で考えることをなかなか手放さない。異性愛者にしろ同性愛者にしろ。

また、同性婚が認められても、結婚はペアのものである。もし人がゆるやかな複数婚の生態系をつくれるならば、フレディとメアリーはあんなにも愛し合いながら断腸の思いで別れなくて済んだのではないか。そんなことを思う。

わたしは歴史のイフを問いたいのではなく、歴史から学びたい。そして、もともと、ある一人の人間が相手のすべてのニーズを満たせることはないのではないか。それはどんな個人にとっても重い。また子育てをペアもしくはシングルで行うのは、よく考えてみればどう見ても負担が大きすぎる。どちらかが両方の親がカップルと一緒といるという「直系家族」も、人によっては傷の原因と結果が一緒にいるようなもので、つらいだろう。もちろん昔の大家族も、それが嫌だから多くの文化で捨てられたのであり、戻ることはできないが、他人とゆるやかに絆を持てたらどうなるのか。それは家族の定義をしなおすことでもある。


わたしはこうした問いのヴァリエーションに、行く先々で出逢ってきた。

その問いと格闘することが、わたしにとって、わたし自身を知ることだった。

軽蔑しながら愛し合う

『愛人 ラマン』に描かれた、植民地の青年と少女。

経済的支配者であり文化的被支配者である男と、経済的弱者であり文化的強者である少女。

どこか軽蔑しあいながら強く惹かれる。

軽蔑すらも欲望のスパイスとなる。

快楽はこのうえない。

しかしその人と生きるヴィジョンは互いにひとかけらもない。

なんて最低だ、と思う。相手を。自分を。関係を。環境を。自分と互いの家族を、すべてを。

未来がない。

なのに求め合って離れられない。

貶めなくては犯せない。モノのように手荒に扱われて欲情する。

愛と性が分離する。

交錯する。

愛と人間性が分離する。

交錯する。

しかしこれが、まぎれもない性愛体験なのである。

このことを、なんと説明したらいいのだろう。

軽蔑しながら愛し合うこと。

軽蔑するからこそなお、強く求め合うこと。

文学的な主題ではあるが、多くの人に、多少は身に覚えのあること。

相手を苦しめたいような欲求も、自分を傷つけたいような欲求もまた、消しがたくあり、それと愛とが同時存在すること。

これはＤＶと紙一重、というか、言ってみればＤＶの力学そのものである。

親密な関係性の暴力の解決のむずかしさもそこにある。


愛と性が分離する。

あるいは、愛したい存在と欲望する存在がずれている。


これは、映画『ボヘミアン・ラプソディ』でフレディ・マーキュリーの痛みとして描かれたことでもあった。

フレディ・マーキュリーはゲイであるがゆえに、ゲイゆえの悩みであるように描かれていた。そうではない。これは同性愛者（ゲイ）と異性愛者（ヘテロ）間の問題ではなく、異性愛者同士にも、あるいは同性愛者同士にも、つまりは万人に、起きうることである。

だからわたしは思う、大ヒットした映画『ボヘミアン・ラプソディ』とは、セクシュアル・マイノリティを「描いた」映画なのではなく、ただ「肯定する」映画なのでもなく、「セクシュアル・マジョリティ」が自らの生きづらさをなんとか照らし出すために、セクシュアル・マイノリティに「問題を託した」映画なのだと。切実に、きわめて切実に。

自分にとっての問題や、生きづらさの正体が何であるのかわからないことが、ある意味、最も苦しいのだから。

マジョリティの問題を照らし出すのはマイノリティであり、マイノリティに希望を託すのはマジョリティである。

マジョリティは、そうしないと、うっすらとある自身の違和感に気づけないからだ。

耐えがたき、ずれについて

わたしのことを、よく振り返ってみよう。

女であることは面倒くさかった。人体とは、まったくもってホルモンの乗り物で、特に女はそうだ。ホルモンと自然の摂理で、天体が動いて季節がめぐったり月が満ち欠けして見えたりするように、とつぜん変化が、自然のほうからやってくる。その身体をめぐって、外との関係性が変わる。男は基本的には、わたしに侵入してきてわたしを根底から変える可能性のある他者として、そこにいる。それに関して自分の気持ちが不安定になり、自分で自分の暴風雨に耐える。わたしのホルモンと卵子がわめくことがある。

物心ついてから女子の集団になじめなかった。周りの女の子たちのように生きていけると思えなかった。男とつきあうほうが楽だった。とはいえ、わたしは男とは、すぐ上の兄の友達と遊んでいた幼少期をのぞいて、常に恋愛かそのボーダーラインに一対一で一緒にいたわけで、男のグループや男女混合グループの中で居場所を見つけていたわけではない。言うなれば強度のヘテロセクシュアルだった。恋愛依存じゃないかというくらいに、男との恋愛が好きだった。ただ、セックスはそんなに好きではなかった。セックスはいつも少しこわかったし、それでいて、安心していられる男とはセックスが起こりにくい。ここは長いことわたしの生活をひっくり返しかねない、オセロのたったひとつの黒い石のような問題だった。

恋愛に際して、いつも細かな選択を迫られるのが嫌だった。セックスするときコンドームはするのか。ピルを飲むのか。妊娠したらしたでいいと思うのか、したら絶対困るのか。どちらかというより常にその中間に気持ちがあることで、自分がよくわからない。避妊するしないでパニックになる。フリーズする。わざと危険なことをしそうになる。そのうえ欲情するような男に限って、絶対こんな男と生活をともにしたくないというような者だときていた。

性愛の好みは受け身。コクられるのが好き、愛される自分が好き。面倒は見られたい。守るよりも守られたい。こういうのは好みなので、ジェンダーがどうとかとやかく言われる筋合いはない。

女として求められることが好き。それとあまりセックスしたくなさの綱渡り。趣味が恋愛というほど恋愛が好きだった。恋愛好きのセックス嫌いだったかもしれない。見知らぬ男についていって、スリルを感じて何もせずに切り抜けたりするのを繰り返していた。

わたしは身体イメージにコンプレックスを持っていて、自分の身体を女らしくないと思っていた。男を欲情させられる身体ではないと思っていた。

こう書いてみると、いろいろなところがずれまくっていた。

女の身体を大事にしきれていたとも言い難い。

それでもわたしは、性同一性障害とは、自分とは関係のない話だと思っていた。

わたしは、「生まれた身体の性」と「心の性」が、ちがいなんかは、しなかったからである。

トランスの女友達

Ｍはわたしの、数年来の女友達である。数年のつきあいにしては、やけに濃い。なぜこんなになんでも話すのか、わからないほどだった。

いや、わかる気がする。

女友達、と言うべきなのだろうが、厳密にはわたしは彼女を女友達とは思っていない。ＭはＭだ。

「トランス女性」とＭは自分を言う。第三章で出てきた、元エロ本カメラマンの男性。それが彼女だ。元は男だが、なぜかそこが楽だし、そこにときめくという相反した気持ちがＭに対してはあった。

移行途上、行ききっていないトランスだと、自分を言っていた。

手術をしていない。男性器を持っていて、ホルモン治療だけを受けている。ホルモンだけで胸はふくらむ。摂ると膨らみはじめて、おおむね二年くらいでその変身プロセスは終わる。「人生の途中で少女からやり直した感じ」とＭは言う。

ふくよかな体つき、豊かな胸。顔の皮膚の質感に少し男のなごりを残しつつ、どこまでも角のない丸っこい身体は、すべっと、ふわふわしている。背が高めの人だったのだろう。骨格が大きく大柄な女性という感じ。男としても美形だったと思う。人によっては元男と気づくかもしれない。人によっては、大柄な女性と思う。声も手術したので、男性の声ではない。ちょっとハスキーな、男女どちらともとれる声。本人は声を出すときに、男に聞こえないかというのがとても心配で、考えることなしに声を出すことがないという。声を変えたとき、声のアイデンティティ・クライシスになったと言っていた。

逆のホルモンを摂り始めると、あるとき、引き返せるポイントを超える。もとの性の身体には戻れなくなる。

「戸籍の性別変更は、日本では「性別適合手術」を要件とする。だから戸籍は男性のままだ。自分の好きな女性名に正式な改名はした。男性名で呼ばれるのが苦痛なので変えたい、という理由で申請することができる。

心配事は、年をとって病気になり、介護施設などに入ったとき、男性として扱われて男性の部屋に入れられたりすることだという。Mは戸籍のためだけに手術を考えて、すでに十年くらい経っている。そのためだけに手術するのはやめてほしいというのが、大事な友達に対してのわたしの意見だ。未知のリスクが高すぎる。身体的にもだし、後悔したときどうするかという知見はない。後悔している人がいないと思えないのだが、それが聞こえてこない。

自分が生まれなかった性のほうになろうという人は、きょうび、さほどめずらしくもないだろう。が、それをそれとして、「多様性はいいことだよね」「みんなちがってみんないいよね」などと、わかったように通してしまうと、本当は何もわからない。

現実は、多様性のお題目のようなことだけではすまない。それがMとつきあって、わたしが実感したことだった。

Mが笑う顔のはじっこなどに、男だったときの表情が垣間見えるのが、わたしは好きだ。キュンとする。車のハンドルさばきなんかにも。

ちょっとときめきがあって、でも完全安心。大好き。

わたしは、いわゆるオカマやゲイの周りにいたいという女ではない。いわゆるオカマの、先制攻撃的な辛辣さがいつまで経っても慣れないし、好きになれない。Mにはそういうところはなく、むしろ誰よりやさしかったし、いつも安心していられた。

それでも、Mがなぜ女性になりたかったか、その願いはわたしには理解できなかった。わたしは女性ボディをやめて男性ボディになりたいと憧れたことはないから、そこまでの強い気持ちのことはわからない。

そして、わからないことを、わかったようには、ふるまいたくなかった。ある日を境に、わたしはMに、わからなければなんでも聞くことにした。

細かなたくさんのずれ

Mには女性のパートナーがずっといる。男性のとき結婚した相手だとのことだった。そのことについて、あまり詮索はしなかった。

しかしあるとき話していて、思わず聞き返してしまうようなことを、Mは言った。

「昔から、マスターベーションのときに思い浮かべる夢想は、男に抱かれることだった」

というのである。

「ちょっと待って。昔から? つまりあなたが男だった頃から?」

わたしは聞いた。そうだと彼女は答えた。

わたしは言葉につまりながら、なぜかどうしてもこれを聞かないといけない、と思った。

「あなたが男だったときから、マスターベーションのファンタジーは、男だった。ということ？」

一言一句、たしかめるようにわたしは聞いた。

「思い出せるかぎり、そう。いつも、男に犯される自分を思い浮かべて興奮していた」

「だとすると、『あなたは受けの男性ホモセクシュアルだった』ということ？」

「うん。幻想の内容は、そういうことになると思う」

それをもし自分で認められるなら、男性ホモセクシュアルであること自体には、なんの問題もない。

「そのときのあなたの性自認は？」

そこで性自認が男なら、性指向は「ホモ」。そこで性自認が女なら、性指向は「ヘテロ」となる。あくまでそういう用語にあてはめるなら。

それにしても、今のパートナーシップとは、かなりのことがずれている。

「わからないの」

「夢の中みたいな感じなのか。自分の像はなくて」

しかし、それは、女性っぽい。

「わたしは、あなたはレズビアンなんじゃないかと思っていたの。ずっと女とつきあっていて、今は、自分も女で」

わたしは言った。

「男性を好きになれたら楽だったと思う」

なんてことをさらりと言うんだＭ！　根源的な爆弾発言だよ。わたしはまた事実関係を頭の中で整理して、質問する。

「ええと、まあ、それがいちばん関係性としては簡単だったけど。ねえ、女になって男に抱かれたい、という性指向や欲望でもなかったの？」

それで女になろうというなら、複雑ながら、辻褄は合う。

「わたしは、自分の性自認は、男じゃないかと思うの」

「えぇ！　ちょっと待って。女になろうとトランスしてるわけでしょう!?　心と身体の性が合わないから！　それが性同一性障害の定義でもあるでしょう！」

「うーん」

考えこむＭ。

「だとしたら、生まれもった性と心の性は、一致してた、ってことになるじゃない」

わたしは言う。性同一性障害の定義は、〝生まれ持った身体の性と心の性がずれていること〟のはずだ。

その定義にパスしたからこそ、Mは医療機関でホルモン治療を受けられているはずだった。しかしそれから外れていることを、Mは言い続けている。

「自分の性自認は、女、って思えるときもあるの。胸もほしかったし丸いおしりもほしかった。ペニスを股にはさんで鏡に映ってうっとりしてたりした。それとね、男が嫌い。一緒にいたくもないし、自分が男なのも嫌いでならなかった」

「なんというの、そういうの、うーん、自己嫌悪？　自己否定？」

「自己嫌悪は強いな」

他人事のように自分のことを言うM。

これを、性自認とか性指向とか、できあいのタームにあてはめていいのか、わたしはわからなくなってきた。

そもそも性の話か、という気もしてきた。

できあいの用語を、全部捨ててみた。

そこにいるのは、まるごと、その人だ。

「そこにあるのは、オーソドックスな『自己嫌悪』というものではないの？　それって、性自認だとか、性指向だとかいう話なのかなあ？」

「うん、自分の性自認が、よくわからないのよ」

「じゃあ、なんでトランスなんてしてるの⁉　あなたが直したかったものって、何？」

思わず聞いてしまった。

聞いてよかったのか、わからなかった。あまりに巷で言われていることとちがった。

しかし彼女が、まぎれもない当事者なのだ。

「トランスの理由が、よくわからなくなってきた」

「本人が言うな！　整理しよう。男は怖い。それは昔から？」

「昔から」

「男性として女性とセックスしていたときも、自分が女性で男性に抱かれる図を思い浮かべて興奮していた？」

「そういうこともあった」

「まあ、それは誰でも、多かれ少なかれすることだとは思うけど。で、自分の肉体が男であれトランス女性であれ、あなたは、女に恋をする。けれど欲望は、男に抱かれること」

「そう」

「でも現実の男は大嫌い。男だった自分も大嫌い、なのね？」

「そう」

聞くこっちの頭が混乱してきた。なんだろう、このあちこちの、微細だけれど盛大なずれ方。巷で言われることと、当事者の言葉のあまりの差。

「こういうことを、ジェンダー・クリニックで話した？」

「ジェンダー・クリニックは結論ありきで手術へと導くところ。多くの人がホルモン投与を受けたくて模範解答を答えるところ。子どもの頃ザリガニで遊んでても、『小さい頃からお人形遊びのほうが好きでした』とか」

「なんてこと……!!　それでいいわけ？」

あなたはそれでいいのか、と言ったのか、ジェンダー医療がそれでいいのか、と言ったのか。わたしは自分で言ってみてよくわからない。

〝性同一性障害とは、簡単に言って、心の性と身体の性がずれている状態のことです〟と説明される。世間の人は、なんだかそれで納得しているみたいだし、ウェブサイトに、ずばり簡単にそう書いてあるジェンダー・クリニックもあった。

でもそんな、内側と外側がちがうなんて大雑把なことは、ありえないのではないのだろうか？

なぜそんなことが一般的にも信じられているのだろうか？

でも多くの者が、苦しさから、微細なずれの在り方から目をつぶり、模範解答を覚えて答え、性同一性障害の診断を受けて「治療」に入る。

それって、心をいちばん、置き去りにしているってことだ。

「それって新しい問題をつくっちゃわないの?!」

わたしは思わず聞く。人がちがう性へと、外見と社会的属性を変えて生きてよいとされたのは、人類史上、つい最近のことだ。

「それがわたしです！」

「なに言ってんのよ!!」

Mは言い、わたしは天を仰ぐ。

耐えがたさと折り合う

しかし、わたしには同時に、今まで言葉にされたことのない真実を聞いているという感触があった。

これが本当でないのなら、定義のほうが大雑把すぎるのだ、と。

ここまで心を開いた性同一性障害の当事者の話を、わたしはいかなるところでも聞いたことがなかった。ひとつには、当事者がそこまで心を開いて、たとえ一貫性がなく聞こえようが、本心をすべてさらけ出してみせることがないこと。もうひとつは、あってもメディアが取り上げないことによる。

どんなことでもそうだが、当事者とメディアの両方が、一般論に寄せた言説のほうを好むことがある。「マイノリティ」といえども例外ではない。少数派なりの典型的な話があって、それに自分たちを寄せやすい。当事者、メディア、どちらも。

当事者は、そうしないと自分の根拠が崩れてアイデンティティの危機を招きかねないからだし、メディアはもちろん、型にはまった物言いのほうを扱いたがるからだ。

そして一般人に対しては「例外的だが自分を大事にしてオンリーワンの幸せをつかむ人たち」のような話が発信され続けていく。

現実には、トランスする前だろうと後だろうと、自傷者は自傷する。アルコールや薬物の度を越した摂取があれば、それは変わらない。生きづらさが変わっているようには見えない。

Mについて面白いのは、彼女が元薬物依存症者だったことだ。そこからの回復者として三十数年生きている。もうひとつ面白いのは、Mがトランスしたのは、薬物が止まった後だったということだ。言い換えると、薬物で緩和されていた性的な違和感が、薬物を止めると抑えられなくなったのではないか。

よく言われるように、薬物やアルコールの依存症になると生きるのが大変になるのではなく、それ以前に、まずは生きづらくてそれらを始めたのだ。だから、「薬物乱用は止まったが自殺した依存症者」というのが多く存在する。生きづらさの根っこは変わらない。依存症者は薬物を用いてでも、生きようとしていた。耐えがたさと折り合おうとしていた。うまくいってもまた、落ちるときもある。結局繰り返しで、人生は途方もなく面倒くさく感じられる。しかし、人生の面倒くささを感じない人なんているのだろうか。依存症者が感じることは、特別なことではない。誰でも感じることへの感度が高いのだ。

Mに最初、問題として現れたのは、愛と性の分離だった。愛する対象と性の対象がずれていること、またはそこに混乱があること。これは、フレディ・マーキュリーにもマルグリット・デュラスにもあった問題だった。

ここでもうひとつ妙な一致点に気づく。フレディもマルグリット・デュラスも、自分の性との劇的すぎる出会いの後、依存症になったことだ。フレディは薬物、デュラスはアルコール。

彼らのそれからの人生は、生きる痛みに耐える方法、つまりは依存症に規定されてゆく。そしてそれら依存症は、早くして性の問題にとりつかれ、同時に社会的成功も手に入れた彼らの、残りの人生の命取りとなった。フレディにとって本当の命取りは、エイズというよりは、それに先立つ薬物乱用と乱交だったと思う。エイズはむしろ、そこから正気に返るきっかけのように、映画を観る限りは思える。人生の終わりを突きつけられて、正気に返ったのである。

いわゆるセクシュアル・マイノリティが、同時に依存症を持つこと。これは現実によくあることであり、どちらが先か言い難いほど、密接な関係にある。

なぜなら、彼らは疎外感を持ちやすいからであり、それが耐えがたいから、緩和する方法をさがす。彼らは癒やされるべきであって、第一に制裁を加えられるべき人たちではない。

依存症とは、耐えがたさを抱えながら生き延びるための病だ。

孤独の、疎外感の、いたたまれないほどのなじめなさの、耐えがたい退屈の、生きていく途方もない面倒くささの、傷の、後悔の、自責の、不毛の、自己の無価値感の。

誰にでもありうるそういう感情への、感度が高い人がいる。耐えがたさを耐えながら、酒や薬物その他で緩和しようとする。アルコール依存症者に話を聞くと、もとは対人緊張で飲み始めたということがよくある。そうしてでもやっていこうとする点で、彼らは基本的にはまじめだ。

だから、依存症者の延長線上にあるのは自殺者であって、メディアが言うような犯罪者ではない。

Mの話を総合してみる。

Mはトランスをしたことで、自らの夢のある部分は叶えたし、ずっと持ってきた違和感を緩和した。それにより薬物にも戻らなくて済んだだろう。

と同時に、生きづらさの根源は変わらずにあり、まったく新しい混乱もまた、身に引き受けた。

この「生きづらさの根源」にも「まったく新しい混乱」にも、未だ言葉は与えられていない。そこに言葉が与えられない限り、「自分のかたち」は、当事者自身にとってさえ、わかるようには、きっとならない。

何をしてでも自分を愛したいという願い

わたしは初めて、トランスなど、性の混乱について、わかったふりをしないで知ってみようと決めた。

ひとつわかったのは、トランスは、決して「多様性」とか「なりたい性を選べるのはすばらしいことだね」とかいう薔薇色のことではないということだ。

多くのトランスが、「自殺するよりは」とトランスを選ぶ。自分の生まれ持った性からの離脱をはかる。命がけの離脱だ。

もう一方の性への憧れと同時に、おそらくはそれよりもずっと強く、生まれた性とそのジェンダーロールへの、激烈な嫌悪があった。でなければ、大げさでなく死を賭すようなことを、人はしようとはしない。

同時期に、ある漫画を読んだ。自分に関する理解が進んだ。漫画の作品名を『実録　泣くまでボコられてはじめて恋に落ちました』という。マゾヒズムという性的嗜好を持つ、素人の女性である作者自身が主人公の、いわゆる赤裸々なエッセイ漫画である。

信頼できる友人が薦めているのを見たとき、ここには自分のことがあるかもしれない、とわたしは思った。正確には、自分がわかるかもしれない、と思った。

トランスの友人Mのことがわからない自分だったが、それをよくよく見れば、自分自身のわけのわからなさと、どこか相似形でもあった。

それ以前に、自分に関して不可解に思っていたことがあった。不可解な欲求。わたしはなぜかこわいことや、合わないことに自ら身を置こうとするところがあった。それで自分が苦しむのに、繰り返す。「状況仕立ての自傷」と言ってもいいかもしれない。それを理解するヒントが、この漫画にあるような直感があったのである。

漫画の主人公は、私生活で自分を殴ってくれる人を出会い系で探す。子どもの頃から、加虐シーンが性感につながってしまう性質がある。これを作者は「股間がバグを起こす」と言う。テレビでボクシングの試合などを観るのが性感につながってしまうので、マスターベーションを早くにおぼえ、有名アニメモンスターに陵辱される自分をいつも想像して興奮していた。しかし、ふつうの私生活では暴力は大嫌い。周りの女の子とちがう自分をどこか自覚している。が、それを十歳のとき「私は結婚も恋愛も無理だと思う……」と大好きな祖母に言ったら、「それは人として生まれてきた意味がない」と言われる。それから自分は罪深い存在だと感じるようになった。周りの人たちのように恋愛やセックスができないと絶望しているが、やはりその体験がしたく、ある日決意する。それが、殴ってもらって性的に興奮して、セックスや恋愛をしようということだった。まわりくどくても、恋愛やセックスへの希求があるのである。

直感と偶然だのみで、危険と自己発見が隣り合わせの行きずりの出会いの数々を経て、主人公は、ずばりタイプの異性に、ずばり好みの殴られ方をする。すでに言ったとおり、マゾヒストと言えど殴られるのは痛いし、急所に入ったりすれば、「命がログオフする感じ」（作品中の名言）。普通の人が殴られるのと、そこはぜんぜん変わらない。マゾヒストは決して、痛みが快感に直接変換される特殊神経を持った人ではないのである。ではなぜ、それを求めるのか。場合によっては命を落としてしまいかねないことを。

ひとことで言えば、許されたいのだ。存在を。そのために膨大なリスクをおかす。そこまでしなければ許されない。自分が、自分に。誰もこれを笑うことはできない。誰でも多かれ少なかれ、自分を許していないからである。

タイプの異性に、死ぬほど殴られたとき、そんな命の瀬戸際のようなとき、はじめて、主人公は「恋に落ちた」。そこまでされたとき、はじめて、崩れた自我の壁があり、人へのいとしさが湧き、愛し愛されたいという気持ちがわかった。そして両思いになった。

殴られた彼女と、殴った彼は、おずおずと恋愛をしようとする。しかしそれでハッピーエンドにはならない。全身の細胞がふるえるようなキスをし、いざセックスをしようとしたとき、彼女に起こったのは、自分と決定的に折り合いがつかなくなった自分である。

愛しているのだけれど、セックスができない。

殴られること（自己否定）はできるけれど、セックス（自己受容）はできない。

ここでも愛と性がずれる。

しかしここでずれるのは、欲求する対象ではない。

自分とのずれ。彼女は女の肉体を受け入れられない自分を、決定的に発見した。男性を好きになるけれど、それは男性への憧れだった。しかし、全身の細胞が泡立つような自分の恋の体感も、まぎれもなく本当である。

葛藤がはじまる。相手が美しければ美しいほど、やさしければやさしいほど、それを受け取る喜びは相手への嫉妬となって、自分を苦しめる。自分が欲しくて持てなかったものを持っている人、となってしまう。そのジレンマの中で、主人公は初恋の相手を失う。


わたしはこの作品を読んで、感動して、これを薦めていた友人と話した。ずっと興味を持って活動を見てきた人だった。彼女は一風変わった経歴の持ち主で、愛と性と人生を探検しているかのような人だ。してきたことの一端は、ＳＭの両方、緊縛モデル、緊縛セラピー、ＡＶ女優、私生活における複数婚的家族（婚姻制度とは関係ない）。こういう人が薦めるからこそ、この漫画にはリアリティがあるだろうと、わたしは思ったのだった。その通りだった。

そんな彼女があるときＳＮＳでした投稿が、とても気になった。

「セックスって実はとてもめんどくさいものなのに、わざわざそれを二人でやるのだからそれはもう当たり前ではないのです。セックスをしよう！　とこころみるだけですごいと、まずは褒めてみよう！」

そこに、自分の苦しみも救われる気がした。

セックスは、自然にできること、ではない。

彼女は言った。

「セックスって本当はたいそうなことで、なかなかできないこと。誰にとってもなかなかむずかしい。それでセックスの代わりにいろいろする人たちがいる。そうしないと、セックスができない人たちが多い、とも言える。本当はすべての人にとって、セックスってむずかしいと思うのだけれど、そこをすごい強度で突破しないとだめな人たちがいる。それはひとことで言えば家族に由来する。

セックスに極端なところがあるような子は、親がとんでもないか、しっかりしてるか、どっちか。成長過程のどこかで罪悪感や縛りを持たされる。虐待などとは限らない。抑圧でもなんでも、子どもは大人が悪いなんて思えないから、自分が悪いんだと思う。そこで存在に罪悪感を抱え込む。自分は存在する価値がない、って思う。その強固な殻を壊さなければ泣けもしない、という人たちがいる。泣くまで痛めつけられて、初めて感情が出せて、それを出してくれた人を尊く思う。感謝する。場合によっては愛する。本人を見ながら加減しながら痛めつけてくれてたってことは、痛みや暴力はコミュニケーションだったわけ。つながれたという実感が持てる。それはすごい安心なの。問答無用で従える相手に哀願するというのは、生きていることを許される喜び。

すごい壁を壊せた後に、ものすごい快感とカタルシスがやってくる。許された感じがする。そういう仕組みなの。解放され、許された感じがする」

もしかしたら、ものすごい量の感情解放は脳が処理しきれなくて、脳が強い性的快感と認識してしまうのかもしれない。痛みが直接快感ではないのに快楽と結びつくというのは、そういうことではないだろうか、とわたしは思った。

とつぜん、わたしに理解がやってくる。

ああ、そうか。「そこまでして自分を愛したい生き物」なんだ、人間っていうのは。

なんていうことだろう。

一見、不可解な変態行為に見えることが、ごくありふれたベーシックな感情に端を発していること。

切実なまでの、生きる希求から生まれていること。

「傷つけてくれ」と懇願する。

そして今度は、「助けてくれ」と懇願する。

どちらも本当に懇願する。

どうかわたしを傷つけてくださいと懇願した同じ人が、命の瀬戸際で、生きさせてくれと懇願する。

そう、これがほしかった。

生きさせてくれという、命の叫びがほしかった。

この感情。

存在したいということ。

自分は存在したいということ。この世に存在したいということ。

もう十分です、助けてください。

かつて罪悪感で、消えてしまいたかった。

何への罪悪感かはわからない。わからない罪悪感は、自分への罪悪感となるしかない。

自分は存在してはいけない、という。存在する価値がない、という。

ぎりぎりで、それが許される。願いが聞き届けられ、加虐が止まる。抱きしめられる。

それは、愛した対象に、生を認められること。

許される。

存在が許される。

傷つく必要があった。壊される必要があった。

自分ではなく、自分が抱え込んだもの。それによって自分が塗り込められていた。

だけど、自分と不可分なまでになっていたから、その壁を壊すには、自分をまるごと差し出すしかなかった。

自分と罪悪感の間に、スペースはなかったのだ。そこに傷をつけて、スペースをつくるしか思いつけなかった。

亀裂が入ったなら、そこから光が射すかもしれない。どんなに乱暴な方法でも、それを使って自分は生きようとした。

取り戻そうとした。
自分の命を。
自分の手に。

そういうことだったのか!!!

終章　女と男から生まれた、すべての存在に

女の感覚、男の感覚

「生きるか死ぬかのチョイスであった気がしてる。もっといい方法があったかもしれないけど、そのときは、こうするしかなかった」

トランスに関して、Mが言った。

生存そのものへの希求、その表現として性がある。生存そのものを脅かしたほどの何かも性に紐付いていた気もすれば、それから逃れる方策も性。いつか生きたいという心からの欲求を感じるために、生きる喜びを感じるために、人はなんでもすることがある。それが下手をすれば命を落とすこともある被虐でも、後戻りのできないトランスでも。

身体の改変をともなうトランスについて、よく聞くと、当人は「自殺するよりはいい」という選択だった、と言うことがある。それがかなり多いのではないかと思う。わたしは四人の当事者に話を聞いたが、三人までがそう言った。世間の言う「多様性はよい」「みんなちがってみんないい」などというお題目からは、かなり隔たった悲痛さがそこにある。

ジェンダー・クリニックの初期段階の治療は、ホルモン治療だ。しかし見ようによってはホルモン治療のほうが重い。身体を内側から変えるのだから。それに比べれば外科手術は、戻すことができる。人工的につくったかたちだからだ。

内側から肉や骨が変わるとは、どんな感じだろう？

女から男へ「完全変態」を遂げた友人もわたしにはいるが、筋肉量が増えて、立ち仕事や階段の上り下りが楽だと言っていた。走るときは、以前に比べるとバネがついている感じ、とも。そうか、だからアスリートにドーピングがあるのか。だからアスリートに性別が問題なのか。

しかし彼も、そのボディはフェイクに感じるし、女性のときからボディはフェイクだと感じていたと言った。

筋肉が変わっても、心は変わっていない。手術の但し書きによれば、それは「心の性と身体の性を合わせること」だったのだが。


わが友Mに聞いた。

「ねえ、内側から女の身体になって、感じ方も変わる？　性的な感じ方。膣のあるなしじゃないと思う。皮膚とか、全身の感じ」

「セクシュアル・ファンタジーの中ではわたしはまったくしあわせ、自分が好き。それが最後、男性的なイキ方をしなくてはならなくて、幻滅する。もう、処理するって感じになっちゃうんだもの、最後だけ。幸せぶちこわし。それで、性欲そのものがつらくなってしまった。一年半くらい前かな。クリニックでそう言ったら、黄体ホルモンを処方されて、性欲がなくなり、楽になった」

「そういうものなんだ」

黄体ホルモンは、女性の生理周期後期のホルモンである。Mはそれまで、二種類ある女性のホルモンの一種類だけ投与されていたのだった。女性の身体はある時期まで、天体の月の満ち欠けと同じ四週間の中で、二種類のホルモンを出し分ける。女性を「産む機械」と失言した大臣がいたが、女性の身体は本当に、機械的な正確さで、あるいは天体的正確さで、それを繰り返す。そのようなものであるから、女性には種としての共通体験が圧倒的に多い。女性に共感力が高いというのは、それゆえではないかと思う。それゆえに、共通体験から外れる感じが、女性には恐怖だ。男性は生物的な共通体験が少なく、ゆえに外側の秩序や立場を重んじる。社会に立場がない感じが、男性には恐怖だ。

「性感ピークのあり方が、男性と女性で、全身レベルでちがうんだね。ファンタジーの中で女性になれても、ボディは、生まれてからできた感覚と神経の集積でできてる。それはペニスがまだあるとかないとか、造膣したしないの問題じゃないね。全身の神経回路の問題だから。全身の神経回路が、女性は性的快感を得るようにできてると思う。今、早い段階から二次性徴の発現をホルモン治療で遅らせて、より完全に異性ボディになる同一性障害治療が先端的って聞いたことがあるけど、それをしても、性感はつくられないいんじゃないかなあ。見た目は、完全に本物そっくりになるのだろうけど。本物そっくり、って言い方も変だけどもさ」

「女の性感ってどんな？」

Mがわたしに聞いてきた。

「全身にある。どこをさわられてもぞくっとするような感じ、それが全身ネットワークで性感につながる感じ。うなじに触れられて乳首が感じるとか。ばらばらに散らばってる場所に連絡回路があらわれる。身体にこんなネットワークが存在するんだ、って感じ。内側に知らない地図がひらけるの」

「それはないなあ。想像するしかない」

女の皮膚が一つの広大な感覚器で感覚変換器だとしたら、男の皮膚は、遮断器なのかもしれない。

どちらも、その個体を外の世界から区別する境界だけれど、その質やベクトルが、全然ちがう。そして今の今まで、反対の性の内実を、切実なものとしてとらえたことがなかった。わたしは大事な人に「女みたいにされたい」と言われたことがある。にもかかわらず。彼にも、だったらどうしてほしい、と言葉にすることができなかったのだろう。他の可能性を想像もできないのだ。

　彼がわたしに言ったのは、あなたを知りたい、あなたを感じてみたい、あなたのように感じ方において自由になってみたい、ということだったのかもしれない。

　そのときわたしはとても、愛を感じた。愛――わたしがちゃんと、見られている、見届けられている、そんな感じ。そこでわたしが安心してコントロールを失える、守られた場が存在していた。わたしを見て愛する、目があった。セックスが起きるときも起きないときも、それはある。男性の愛。男性がよくわたしに、「笑っていて」と言うことがあった。彼もそう言った。「君がしあわせだと僕がしあわせ」というのも。考えると、これをわたしは男性からしか言われたことがない。男性は、親密な女性のしあわせそうな感じでしか、自分のしたことをわからないのかもしれない。セックスにおいてもそう。

男が余韻を大事にしないわけ

「ねえ、男の性感ってどんなの？　男の性感はペニス一極集中っていうけど、どんな感じ？」

Mに聞いた。

「すべての男はさ、集中力を持たないと勃起がもたないことを、どこかでおそれていると思う」

「集中力を？　セックスのときに？」

セックスのときに集中力を持とうとするとは、わたしは考えたこともなかった。

Mは言った。

「うん。感覚を集中して、うまく勃起するように、勃起が持続するように、射精まで行くように。彼女が満足できるほど持続しているように、そして双方、いけるように。なんか、半ば祈るような感じだよ。もし目の前の女で勃起しなかったら、必死で他のことを考えて勃起させる。そうしないと目の前の女のプライドを傷つけてしまう、とも思う。でも好きでも愛しててても、勃たないことだってあるんだ。とても焦る。だから男には、直接的な性の消費物が、グラビアアイドルからはじまって、あんなにもたくさんあるんじゃないかな。

男にとってさえ嫌悪をもよおしたりダメージをもたらしたりするシロモノだってあるけど、その中のいくつかを、切実に必要とする局面があるんだろう。好きでなくても、勃てちゃうときもある。まったく随意じゃない。そして時には妊娠を望まれたり、望まれなかったり、女性がそのことに関して混乱していたり。男はもう何をしていいかわからない。自分がよろこびを受け取るどころじゃない。そしてそれが、社会的条件づけなのか身体の特性なのかわからない。たぶん両方だ」

わたしは初めて、男性のセックスの大変さを知った。

女性にとってセックスは、コントロールの手放しだ。それが男性にとっては、一貫して集中とコントロール下におかなければならないものだ。

いつコントロールを外れるかというと、射精の瞬間なのだろう。そしてまた素に戻る。男は余韻を大事にしないということがよく責められるが、そもそも余韻がないし、失敗なく終わったことは安堵でしかないのだろう。失敗したら、それは心底気まずい。

ああ、可哀想だ。

なんということだろう。わたしに男のことを、そして男へのいつくしみを、いちばん教えてくれたのは、男をやめた男だった。

女みたいにされたい

先に述べたが、「女みたいにされたい」と、わたしの大事な人がわたしに言ったことがあった。

二人で、セックスについて話し合っていたときだった。

彼はかなりためらった後にそう言った。かなり勇気をふり絞ってそう言った。

「本当に希望を言っていいのなら……」と。

わたしは胸を打たれた。

その正直さ、切実さには涙が出そうだった。

そうだったのか、と胸を打たれた。

その望みをわたしは聞いた。

そして、叶えていない。

わたしはそのあまりのちがいに心は打たれた。

しかしそこからそれを育ててはいない。

彼もそれ以上はリクエストしてこない。

告白でお互いけっこう満足してそれ以上進もうとはしない。

なぜだろう?


きっと途方に暮れるのだ。お互いに。それは真に地図なき道。お互いに多大な努力がいる。わたしの努力がいるし、彼の努力もいる。

個の領域を超えて感じようというのは、能動的なことで、自分も安全域を出なければならない。それは危険なことだし、相手に全幅の信頼がなければできない。信頼した相手に受け止めてもらえなかったら、自分は壊れてしまいそうになる。それこそが他者と本当に出逢うことの美しさだとしても。そのリスクを冒すくらいなら、知らないほうがいい。そう思う気持ちは、誰にでもある。

「女みたいにされたい」の、本当の本当を、わたしは確かめてさえいない。

本当のところ、どうしてほしいことなのか。

それはたとえば、ピストン運動数十回の間に射精するのが男と思わないでほしい、ということかもしれなかったし、射精しなくてもいいですか、だったかもしれない。

もし勃たなくてもそれはあなたに魅力がないこととはちがう、と言いたかったのかもしれない。

男がセックスの主導権を持たなければいけないような慣習が嫌だと訴えたのかもしれない。

もっとさわってほしい、だったかもしれない。

どこもかしこも、丁寧にさわられたかったのかもしれない。

声をあげてみたかったのかもしれない。行為中に泣きたかったのかもしれない。

壊れるほど感じてみたかったのかもしれない。

女のように体毛を手入れしてすべすべな肌を愛《め》でられたかったのかもしれない。

名前を呼んでかわいいと言って頭を撫でて、だったのかもしれない。

女装してセックスしたかったのかもしれない。

そういうふるえるような告白を、その切実ささえ、日々の暮らしの中でわたしたちは忘れてゆきやすい。

それは愛に属することだ。

そして、とてもエネルギーが要る。

愛をあきらめること

それよりはわたしは、セックスの相手を簡単に替えてしまいたい、と思ったことがある。親密な関係の中でひとつひとつをゼロから話し合ってつくることより。時に愛をとるよりセックスを。相手を替えて刺激を得たほうが早いと思ってしまう。

セックスと愛を切り離そうとする。

セックスはいつも、親密さと刺激のはざまにある。愛と刺激のはざまで揺れ動く。刺激が勝つと、愛を捨てかねなかったりもする。

あきらめてしまう。性と愛の交差するところで相手をとらえることを。その魅力のすべてを、人間の可能性を、知ろうとすることを。

それは愛の可能性を狭めることだが、忘れて、できればふつうの枠におさまりたい。愛の可能性を忘れてまで、人は、できればふつうの枠に収まりたいと思う。ふつうの枠におさまることで、不問に付される数々のメリットを享受する。

なんということだろう。

しかもごくふつうに。

そうして自分の中の愛の可能性を殺してしまう。

それよりは、手っ取り早く欲情したいと思ったりする。

愛と欲情を切り離す。

もともとずれていたんだし、と。


わたしたちは、愛のための時間を、ほとんど特別に用意しない。

でも、愛より大事なことが、あるんだろうか。

しかしもしそれを用意したなら、関係のかたちなどは問題ではないのかもしれない、とこの頃思う。

女と女、男と男

好きな男に「女みたいにされたい」と言われて、その正直さに胸を打たれると同時に、そのことで「わかった、そうしてやる」と服を脱がせてかわいがる、みたいな気持ちにはならないわたしがいた。そこは不思議なほどに気持ちがフラットなままだった。

わたしの性愛の好みが、受け身だからである。

そんなわたしが、性愛において相手を女みたいに扱うとは、どうしたらいいんだろう？ない才能が、出せるのか。わたしがされてうれしいようにすることはできるかもしれないが、飽きるかもしれないし、相手は身体の仕組みがちがう。わたしと同じ性感帯を持つかはわからない。ためしたことがあるが、ほとんどの場所は感じないみたいだ、男は。相手が感じるかたちでの「女みたいにされ方」があるのだろうと思った。でもそこを開発するパッションがわたしには薄かった。

だってわたしがそうされたいのだから。

ともすると受け役が二人、みたいになる。愛は深まったと同時に、性的かかわりにおいては、「動かなさ」が強まった感じさえした。別のところに鍵があるのかもしれない。

それはわたしのこと

「わたしね、女になった自分を鏡で見て、欲情したの。その欲情した自分が誰なのだか、本当はわからないの。これがいちばんのわたしの真実かな」

Mが、ポツリと言った。

わたしはほとんど、反射的に、こう叫んでいた。

「それ、わたしだ！」

やっとわかった。

自分についての理解を最もくれるのは、こういう人だ。

自分と似た傾向を持ち、その程度が極端に甚だしい人だ！

自分と似た傾向で、程度が同じくらいの人を、いくら見ても、自分についてのトータルな理解はやってこない。自分はそんなに逸脱してはいない、と思いたい自分が強化されるだけだ。

いわゆるマイノリティについて、あるいは性的マイノリティの一形態とされる性同一性障害のなんたるかも、このときわかる。

それは、質において異質で特殊なのではなく、程度において、はなはだしいのだ。

だからすべての人に薄くある性質である。

それは、わたしだ。

わたしなんだ。

というか、わたしが、繰り返し繰り返し書いてきたわたしがそれだ。

フィクションだから嘘なわけではない。時にフィクションこそが、事実より真実だ。

いや、創作を教えた経験からも言える。人はフィクションにおいて、最も嘘がつけない。

だからこそ、わたしはそのお話を隠した。あまりにわたしだから。十年以上も。単行本化を進めながら、個人的な心理ブロックだけで、刊行できなくなった作品があった。

それは、人に知られたら死んでしまうと思っているわたしだった。

わたしは性同一性障害になりたくなかった。

さいわい、その定義にもあてはまらなかった。

が、「身体の性と心の性がちがう」なんていう、内外がちがうような大雑把な性の在り方を持つ人は、きっといない。その定義を通さずまっさらに見れば、もっと繊細に、人の中のずれを見ることができる。

そしてずれとは、豊かさである。要素やグラデーションが多いのだから。

「性同一性障害」とその定義は、当事者の中の試行錯誤から出た言葉ではない。あるとき医療がポンとつくって、これですと言った。「おなかの中にいるときから、反対のホルモンを浴び、その人は生まれつき、心は反対の性の人として生まれてきます」と。

当事者内でもそれを信じて、「わたしは生まれつきの性同一性障害だけれど、あなたはちがう」と別の当事者を差別する物言いがあるらしい。現にMはそう言われたことがあるという。それのどこが多様性なんだと言いたくなるし、第一まったくの仮説で、確かめた人も実験ももちろんないのに、なぜそんなに定義を信頼できるのか謎だ。

仮説にしても想像力が乏しすぎる。ひょっとしたら当事者自身も、定義のほうに自分を無意識に合わせているところが、なきにしもあらずなのかもしれない。それで議論が進まないのかもしれない。医療機関という権威が「それは誰のせいでもありません、親の育て方が悪いのでもありません」と言った。それを受理する。それで自分も親も、責めることは避けられるかもしれない。が、自分の細やかさ、豊かさを見すごしかねない。人間のほとんどの問題は家族由来だということに対しても目隠しになる。

女と男から生まれてくる、女か男。それが人間だ。そして、そうして人が生まれてきたのが家族という空間だ。多くはそのもつれた愛情関係や、やはりもつれた性愛関係の中に、無力な子どもが生まれるというのが、家族だった。

すべての人は、ずれている。

ずれかたの程度は、個人差があるし、感受性にもよる。はなはだしいと感じる人がいて、さほどでもない人がいる。

「マイノリティ」とは質のちがいでなく、程度の差である。

Mとそっくりなわたし。そのわたしは、こんなだ。引用は『スリーパーズ』という未発表作品（初出は角川書店『野生時代』の連載）。ここに引くのは著者がそれから何度も書き直した稿のひとつで、二〇一一年頃のものである。

概要を少し話そう。

俊輔という若い男が、運転手の研修を受けているとき事故に遭って、助手席で指導していた若い女、佑里《ゆうり》の中にその意識が入ってしまう。意識が入れ替わったわけではなく、俊輔自身のボディは事故で昏睡状態。俊輔が入ったボディの主、佑里の意識は行方不明である。ボディの中で眠っているかもしれない。魂というものがあるとして、その魂を探す。

俊輔は他人の女ボディに乗って、なおかつ速い車を運転する。それは何重にも危険なことだが、そのときだけ佑里の意識をわずかに感じることができるのである。

そのうち変化が生じてくる。身体が意識を規定し始めるし、意識は身体に乗る齟齬《そご》を感じながら、身体のことを愛し始める。一体意識とは何なのか、身体が規定するものはどれくらいか、本当の自分なんてあるのか、魂はあるのか、愛はどこからくるのか。感じている愛はなんなのか。やってくる真新しい感情は、何であり、誰のものなのか。わからなくても、生きる――。やがて俊輔は意外な真実にめざめる。

俊輔のセクシュアリティは、こんな感じである。佑里のボディで鏡を見つめるシーン。

「俊ちゃん」

俺の名を呼ばせてみる。

その唇の動きをみるとき、俺は、死にそうなくらい欲情する。

全身の産毛がふわっと逆立つほど、それがはらんだ空気と磁気を感じられるほど。

これは愛なのか欲情なのか。

ないペニスが勃っている感覚が、痛いほど、脳内にある。

狂おしいほど鏡を愛する。狂おしいほど鏡を憎む。

俺は誰なのか。

これはわたしの現実そのものではない。けれどこの主人公はわたしの「象徴」である。これが、あまりに自分を表していて、出そうとして、自分がどうしても出せなかった作品。書籍化の途中で頓挫した。書籍化の計画自体は進んでいたのに、自分がフリーズした。

セラピーを受けてもみたが、わたしは多重人格（解離性同一性障害）だと言われたこともある。多分に怪しいセラピストだったが、一理はあったと思う。

そしてそのどれも緩く、そのすべてを、わたしは抑え込もうとした。

しかしなんであろうと、自分の「異常」や「症状」は、自分を助けるために現れる。

それは自分を助けたいと思っていて、助けられなかったら、泣く。いささか擬人化しすぎかもしれなくても、そうである。

わたしは小説を書くのがいつもむずかしいと感じてきた。それはわたしが小説をあまり読めなかったから。成分的に揺れ動くようなのが、わたしの主体のリアリティであり、わたしは、言葉本来の意味で、一人のトランスする者である。いつも立ち位置そのものがあやふやになる人を書くのはむずかしい。いや、本当に書こうとしたらその力量はある。が、わたしの問題は心理ブロックだった。

「ねえM。それは、わたしなの。女の身体の中に男がいて、それが女の身体を見て、愛して感じて欲情している。それは、わたしなの。

この、見るわたしが誰かなんて、わたしにもわからないの。男と言ったって、わたしの身体は女だから。その身体で感じ、それでできていて、そのことを嫌ってない。

男のわたしが、女のわたしを運転しつつ、見て、味わって、愛している。

それがわたしの『自己自認』。

『自己自認』。性自認でも性指向でもない。まるごと、自己というもの。わたしのまるごと。それが世界を味わっている。こんな感じ」

もう一度『スリーパーズ』を引用する。以下に登場する夏樹とは、かつて佑里を指導していたドライヴァーの女性である。見た目にはレズビアンのシーンである。

　夏樹とする。しびれて動けない。快楽に溺れる。快楽に罪悪感を感じる。感じている自分は悪い。でもずっとここにいたい。ここに溺れていたい。溺れたまま、自分などなくなってしまえばいい。

女の乳房に手を伸ばし、吸い付く。ああ、赤ん坊のときからの本能ではないだろうか。男だった時もそうだった。むやみやたらと求めていた。痛がられたりもした。でも今は我を忘れながら、やわらかく動く。それがどれだけやわらかくて、どれだけ感じやすいものか知っているから。舌が動くと、歯が甘く噛むと、夏樹があえぐ。この人のこんな声を聞くのは初めてだ。そのインプットが俺を興奮させる。興奮の表しようがない。硬くなるところがどこにもない。泣く。泣く。唾液と涙をいっしょくたにしながら。それを薄く汗をかいたやわらかい肌にすりつける。あえいでいる。誰が泣いているのか。二人で、空気もすべてが、泣く。合わせるように、隙間を埋め合うように。

鏡が目に入る。とつぜん、天井から二人を見るような視点が現れる。

俺はこの体が、男にされている図を見たいと思ってしまった。

犯したい、とも願った。

そして狂いそうなほど興奮した。

最悪だ。

いや、最高なのかもしれない。

と、今わたしは言ってみる。

ずれているということは、要素がたくさんあること。ずれているとは、両方持っているということ。ずれのままあるとは、並び立っているということ。

豊かなこと。

それを分かち合いに来た。

わたしの中にはこんなにたくさんの愛がある。

それを分かち合うために、わたしは来た。

おかあさんとのこと

死んでゆく母にした告白を思い出した。

「あなたを守る男の子として生まれるはずだった。ごめんなさい」

その意味がわかった。

その告白を受け容れてから、自分を、かつてなく女だと思ったわけも。自分の中の男を認めたら、自分は男女《おとこおんな》になってしまうと恐れていた。しかし実際は、わたしはかつてなく女になったのである。

男のわたしが、女のわたしを愛しているからだった。

自分を女だと思っている女であるとき、わたしは、女のわたしを好きではなかった。女の、この顔も身体も声も、存在全部、魅力があると思ったことがなかった。どんなに愛されようと、それがわからなかった。それは神経系の問題でもあったと思う。神経系はごく幼い頃にできる。その頃に傷ついたり愛をあきらめきったりしていると、神経系が傷つくと言われている。

だが、認知がどう歪んでいようと、神経系が傷ついていようと、自分の内なる男の目で見ると、わたしはかわいいのだ。

自分にとって自分は、うっとりするほど好きな女なのだ。ずっと微笑んで見ていたいくらいに、素敵でセクシーでうつくしい存在なのだ。きれいだねきれいだねと言って、ずっと身体のどこかを、撫でていたいくらいに。

その男の子は、母というよりは、わたしを守っていたように思う。わたしがどんなにわたしを大切にしなかろうと、わたしを大切にした。ぎりぎりのところで生き延びさせてくれた。彼が見るから、わたしは今、女性のわたしが好きだ。女性の身体を使って、ダンスでもセクシーな表現でもすることができる。それは、彼がやって彼が見る、あるいはわたしが彼に見せるわたしであり、そのすべてまるごとが、わたしなのだ。

かつて、どういうことが起きたのか、わかった。

ごく幼い頃、わたしは純粋に不思議だった。どうしてわたしだけほうって置かれるのか。どうしてほかの兄弟は、母親の世話を直接受けているのか。そしてティーンになったとき、どうしてわたしだけ家から放り出されるのか。

そのちがいはと言えば、お兄ちゃんたちにあるものがわたしにない、それだけだったのではないか。その原風景をおぼえてはいないが、それしか考えられない。

あれがあれば、わたしも母の愛とケアを受けられるはず。

母親には、わたしに対する愛はあった、という理解も今はできる。けれど体感がともなわない。それは理解しないのと同じだ。

今はわかる。母が兄たちを見ていたわけ。おかあさんというものが、ごくナチュラルに、男の子が好きだからだ。男の子に吸い寄せられてしまう。手がかかるというのとまた別に。それはおかあさんというものが、女だからだ。男の子たちは、母親の愛と注目をめぐって争う騎士たちだ。彼らは男の子で母親が女だ。母親は男の子が好きだ。周りを見ても、自分の子にメロメロな母親は男の子のママだ。女の子もかわいいが、メロメロというのとは少しちがう。

だから、男の子に生まれていれば、愛されたのだと思った。

今は次のような理解ができる。

仕方がない。おかあさんが女で、わたしが女だから。

仕方ない。誰でも女と男から、女か男として生まれる。まれに両性の特徴を具《そな》えて生まれるとしても、生まれる限り性の特徴がある。そこにごく自動的に発生してしまう、原初の不均衡、原初の痛みがある。

誰のせいでもない。

でもほんの小さな子には、そんなことはわからない。

自分が悪い子なのだとしか思わない。そして生存戦略を決める。自分を消す。こんな世界からは消えたいと思う。でもここに存在するこの物質、肉体という大きなものを消すことはできなくて、わたしはいつも、半分、肉体から出ていた。半分しか肉体にいなかった。身体に力が入らない。いつも、生きる気は半分しかない。やればできるのにと、いろいろな先生に言われていた。でもわたしはここにいながら、ここにいない。成功できてもしたくない。なぜならそうしたら、しっかり存在しなければならないから。わたしは半分退場していたい。早く退場したいんだよ。

すべては、言葉と自我の構造を持つ前に起きて、ゆえに、記憶として取り出せなかった。それをたどるには、自分が繰り返し出してくる物語だけが、糸口だった。わたしが繰り返し出す、わたしに関する物語は、わたしにわたしの取り扱い説明書を出しているようなものだった。

【男が、女の身体をやっている。その男は、女の身体を愛している。だから、心と身体は、ずれたままで一緒にいられる。けれど、女ボディの乗りこなしには苦労する】

おとうさんとのこと

誰でも痛みを感じる。生まれ落ちた場所、順番で、生まれたというそのことだけで。それは自然で避けられないのだが、そのときの感受性と、そのとき本能的にとってしまう生存戦略が、個別で、その人の一生を通じて影響するように思えてならない。

娘としてわたしは、母親には便利に利用されているとしか思えなかった。接触がないくせに、愚痴のはけ口だったり、夢の投影先だったり。母親本人に悪気はあるわけではないが、確かにそういうことになっていた。そういうことをしてしまう人はいる。案外たくさんいる。本人もまた傷ついた人なのだ。そしてわたしにはそれを実行するしか愛される方法がわからなかった。

人格とは、焼き物のようであると思う。本人の材質に加えて、形成期に受けたダメージはずっと残る。そのとき穴があいていたら、基本的にはあきっぱなしの器なのだ。ただ、それを知ることによってだけ、使い方や対処の仕方がわかる。そうやって生きているうちに、愛を知る可能性が生まれる。

人の魅力は、よく見ると、その人の傷であることが多い。強さより、弱さのほうが愛らしい。それによって愛されていることのほうがよっぽど多い。その穴の開いている器が魅力的だね、でも使いにくかったらこういう方法もあると、教えてくれる人が現れる、そんな可能性がある。人は自分を変えられる、という心理学やコーチングの言説があるが、それは嘘だと思う。少なくとも、正確な言い方ではない。目を替えられない、皮膚を替えられない、性別を変えても別の性のオーガズムを感じる回路は持てないように、基本的には自分も変えられない。

ただ、だからこそ、人と人生の間に「技法」というものを、人類は開発してきたのだと思う。コーチングだってそれだった。瞑想もそれだった。ヨガだってそれだった。

自分を知れば、そういう技法の合ったものや、合った師や友に、出会えることがある。人は自分だけでは自分がわからないし、変える方法もわからない。

あなたには安全に狂う必要がありますと、数年前にわたしに言った先生のことを思った。そして適切な方法があるところへ、わたしを送った。泣きながらど根性を出してやっていた。あれがなければ、今頃わたしは死ぬか狂うかしていたと思う。

もう一度思ってみた。

誰も悪くない。

母が女だったこと。

わたしが女だったこと。

誰も悪くない。

けれど、そんなことは子どもにはわからないから、自分が悪いと思った。

女の子であるから愛されないと思い、女の子であることにどこかなじめなかった。が、わたしは、女の身体でいて嫌だとは、思わなかった。

男の身体だったらよかった、と考えたことは、一度もなかった。そこは不思議だった。

それはなぜだろうかと思った。


……おとうさん?


そのとき、父のことを、呼んだ。

おとうさんと言ってみたとき、父の愛が、圧倒的にやってきた。父の愛が、身体じゅうに、降り注ぐほどにやってきた。

わたしが小さなとき、身体接触してくれたのは、母より父だった。マッサージをしあったり、お風呂に入ったりしていた。五月の菖蒲湯をよく覚えている。いい匂いの菖蒲の葉で、草笛を吹くのを教えてくれたのは父だった。

わたしは自己肯定感が地の底より低かったのに、男性はだいたいいつもやさしくしてくれた。

夜寝るとき、父の帰りをいつも待っていたのを思い出す。泣いても母は来ないんだとあきらめきって、天井を見ている。父が帰ってくるのはわかる。角を曲がってくる車のエンジン音。父の車だけわかる。やがて壁に、ヘッドライトが、庭の木々を影絵にして映し出す。そのさわさわという音。門扉が開く音。踏み板をタイヤが踏む、かったん、という音。猫が玄関まで走る気配まで。すべてベッドの中で、感知していた。やがて居間がざわざわする空気。

父のことは大好きだった。父の道具、たとえば製図用の雲形定規をわたしはうっとりながめたものだったし、父の机の天板の厚さもよく覚えている。いつもひざの間に座っていたことも。車の少しクラシックなダッシュボードも。父には中学校三年のとき、とつぜん手を離された気がしていた。学校である日理由なく教師に殴られて、学校から帰ると平日にはめずらしく父母がそろっていて、出来事を話すと、二人とも「お前にも悪いところがあったのでは」と言った。ショックで何も言えなくなり、その後、アメリカの話がとつぜん出たと思う。わたしがアメリカから帰ってきたら家族全部が変わってしまったようだったし、それから父は八年で死んでしまって、死ぬときには家を事業の抵当に入れていたから、その死は家と故郷の喪失でもあり、家族全員にとって、恨みともなんともつかない大きなトラウマとなった。あまりに大きすぎて、誰も泣けなかったくらいだった。

あまり思い出せなくなっていた父が、わたしが女の子であることを、まるごと肯定して、愛して、守っていてくれていた。

「存在」のうた

ふと、身体が消えるような感覚がした。
大事な人によりかかっていたとき、一瞬。
ほんの一瞬の無限。ほんの一瞬の、永遠の空。
触れるものも、触れられるものも、ない世界。
境界が消え去って、空にゆっくりふんわり落ちる。
わたしがなく、あなたもない。性もない。誰でもない。

あ、ここが、「存在」の領域。

そんなふうに思った。


そうか、ここがあって、初めてわかるんだ、この世で起きることが。トラブルも哀しみも憎しみも愛も、そのままに。

あなたでもわたしでもない場所。

触れるでも触れられるでもない場所。

すべてに先立つ場所。


笑うわたしを、わたしが観ている。

わたしはここにいる。

ここから日常へと、わたしは帰る。

校閲　福田光一
DTP　角谷　剛

赤坂真理 あかさか・まり
1964年東京生まれ。慶應義塾大学法学部政治学科卒業。
アート誌『SALE2』の編集長を経て、95年「起爆者」で小説家に。
体感を駆使した文体で、人間の意識を書いてきた。
小説に『ヴォイセズ／ヴァニーユ』
『ミューズ』(野間文芸新人賞受賞)『ヴァイブレータ』など。
『ヴァイブレータ』は寺島しのぶと大森南朋主演で映画化された。
2012年、アメリカで天皇の戦争責任を問われる少女を通して
戦後を見つめた『東京プリズン』が大きな話題となり、
戦後論の先駆に。同作で毎日出版文化賞など三賞を受賞。
大きな物語と個人的な感覚をつなぐ独自の作風で、
『愛と暴力の戦後とその後』など社会批評も多い。

NHK出版新書 640

愛と性と存在のはなし

2020年11月10日 第1刷発行

著者 赤坂真理 ©2020 Akasaka Mari
発行者 森永公紀
発行所 NHK出版
〒150-8081東京都渋谷区宇田川町41-1
電話 (0570) 009-321(問い合わせ) (0570) 000-321(注文)
https://www.nhk-book.co.jp (ホームページ)
振替 00110-1-49701

ブックデザイン albireo
印刷 壮光舎印刷・近代美術
製本 二葉製本

Printed in Japan ISBN978-4-14-088640-3 C0236

NHK出版新書好評既刊

実践 幸福学
科学はいかに「幸せ」を証明するか

友原章典

日本の男女格差はＧ７最下位、なのに幸福度の男女差は女性が上！ その理由とは？ 行動経済学の俊英が、科学に基づく「幸せ」のあり方を提唱する。

612

死ぬまで、努力
いくつになっても「伸びしろ」はある

丹羽宇一郎

定年後の幸せ、老後の理想、若者との向き合い方。後悔なしに生きるには何を心掛けるべきか。豊富な経験から語り尽くす、人生後半戦の指針書！

613

ＡＩ vs. 民主主義
高度化する世論操作の深層

ＮＨＫ取材班

すでに世界68か国で展開されている「ＡＩ世論操作」。それはいかに社会を脅かすのか。告発者らの生々しい証言を手掛かりに探る民主主義の未来。

614

それでも読書はやめられない
本読みの極意は「守・破・離」にあり

勢古浩爾

名著、名作に入門、格闘し、敗れたのちに開眼する!? 何ものにもとらわれない読み方へ。古希を過ぎて総括する、痛快なる読書一代記！

615

移動革命
ＭａａＳ、ＣＡＳＥはいかに巨大市場を生み出すか

三菱総合研究所［編著］

ＥＶ・自動運転・配車アプリ・シェアリング……。「移動」をめぐっていま起こりつつある、１００年に１度のパラダイムシフトの実相を解き明かす。

616

ミッシングワーカーの衝撃
働くことを諦めた１００万人の中高年

ＮＨＫスペシャル取材班

労働市場の「落とし穴」に陥るリスクは、誰にでもある！ 働き盛りの40代・50代に何が起きているか？ 話題沸騰のＮＨＫスペシャル、待望の書籍化！

617

NHK出版新書好評既刊

今ここを生きる勇気
老・病・死と向き合うための哲学講義

岸見一郎

幸福に「なる」のではなく、「今」が幸福で「ある」。それが、人生の答えだ——。ベストセラー『嫌われる勇気』の著者による、はじめての講義型新書！

624

京都を壊した天皇、護った武士
「一二〇〇年の都」の謎を解く

桃崎有一郎

後鳥羽・後醍醐ら一部の天皇は、なぜ京都を危険に晒したのか!? 京都と天皇をめぐる一二〇〇年の「神話」を解体し、その本質へと迫る意欲作！

625

極上の死生観
60歳からの「生きるヒント」

齋藤 孝

〝生きること〟の究極的な本質とは何か？「死の不安」に打ち克ち、人生の意味に自分自身で気づく方法を、古今東西の賢者・哲人・聖者たちに学ぶ！

626

現代哲学の最前線

仲正昌樹

哲学は今何を問うているのか？ 正義論、承認論、自然主義、心の哲学、新しい実在論という5つのホットなテーマを概観し、その核心を一気に掴む！

627

世界を動かすイスラエル

澤畑 剛

イスラエル・中東情勢を、「イノベーション」「キリスト教福音派」「シェール革命」などをキーワードに多角的に読み解く。現役記者による最新リポート。

628

いまこそ「小松左京」を読み直す

宮崎哲弥

その予見的性質のため、いまふたたび注目を集めるＳＦ作家・小松左京。『日本沈没』等の代表作を読み直し、戦後最大の知識人の思索をたどる。

629

NHK出版新書好評既刊

パンデミックが露わにした「国のかたち」
欧州コロナ150日間の攻防
熊谷 徹
そのとき、イタリアで何が起きたのか？ ドイツはどう動いたのか？ 新型コロナウイルス第二波襲来が叫ばれるいま、日本の選ぶべき道を提言する。
630

教育格差の経済学
何が子どもの将来を決めるのか
橘木俊詔
何が教育格差を生み出すのか。所得の影響、保育園と幼稚園の差、塾の効果などを、格差研究の第一人者がコストとリターンの観点から徹底分析！
631

人類の選択
「ポスト・コロナ」を世界史で解く
佐藤 優
コロナ禍を歴史的に分析し、国際情勢と日本の未来を展望。複数の選択肢に揺れるコロナ後の世界と人間の生き方に確固たる指針を示す！
632

名著ではじめる哲学入門
萱野稔人
哲学とは何か。アリストテレスで「人間」の本質を抉り、ハイデガーで「存在」の意味を知る。複雑化する世界を新視点で捉える実践的学び直しの書。
633

イノベーションはいかに起こすか
AI・IoT時代の社会革新
坂村 健
日本よ「変わる勇気」を持て。世界に先駆けIoTのコンセプトを提唱した稀代のコンピューター学者が、私たちの社会の進むべき道を指し示す。
634

マルクス・ガブリエル 危機の時代を語る
丸山俊一＋NHK「欲望の時代の哲学」制作班
人気番組のニューヨーク編から、大反響だった「ガブリエルと知の最前線5人との対話」をまるごと書籍化！ コロナ直後の緊急インタビューも収載！
635

NHK出版新書好評既刊

636
「冴える脳」をつくる5つのステップ
ゆっくり急ぐ生き方の実践
築山 節
日々の不調に加え、コロナ禍で脅かされる生活や健康。現代人が抱える不安に適切に対処できる「脳」のつくり方を、ベストセラーの著者が解説。

637
家族のトリセツ
黒川伊保子
親子関係から兄弟、夫婦関係まで。イライラやすれ違いの具体例を挙げながら、「脳の個性」を理解し、「最も身近な他人」とうまく付き合う方法を伝授！

638
独裁の世界史
本村凌二
なぜプラトンは「独裁」を理想の政治形態と考えたのか？ 古代ローマ史の泰斗が2500年規模の世界史を大胆に整理し、「独裁」を切り口に語りなおす。

639
はやぶさ2 最強ミッションの真実
津田雄一
世界を驚かせる「小惑星サンプル持ち帰り」を完璧に成功させたプロジェクトの中心人物が描く、スリルと臨場感にあふれた唯一無二のドキュメント！

640
愛と性と存在のはなし
赤坂真理
私たちは自分の「性」を本当に知っているか？ 既存の用語ではすくい切れない人間存在の姿を、作家自身の生の探求を通して描き出す、魂の思索。